林文寶　編著
張晏瑞　主編

林文寶兒童文學著作集

第三輯　著作編

第四冊
楊喚與兒童文學

林文寶兒童文學著作集　第三輯　著作編　第四冊

楊喚與兒童文學

林文寶　著

張晏瑞　主編

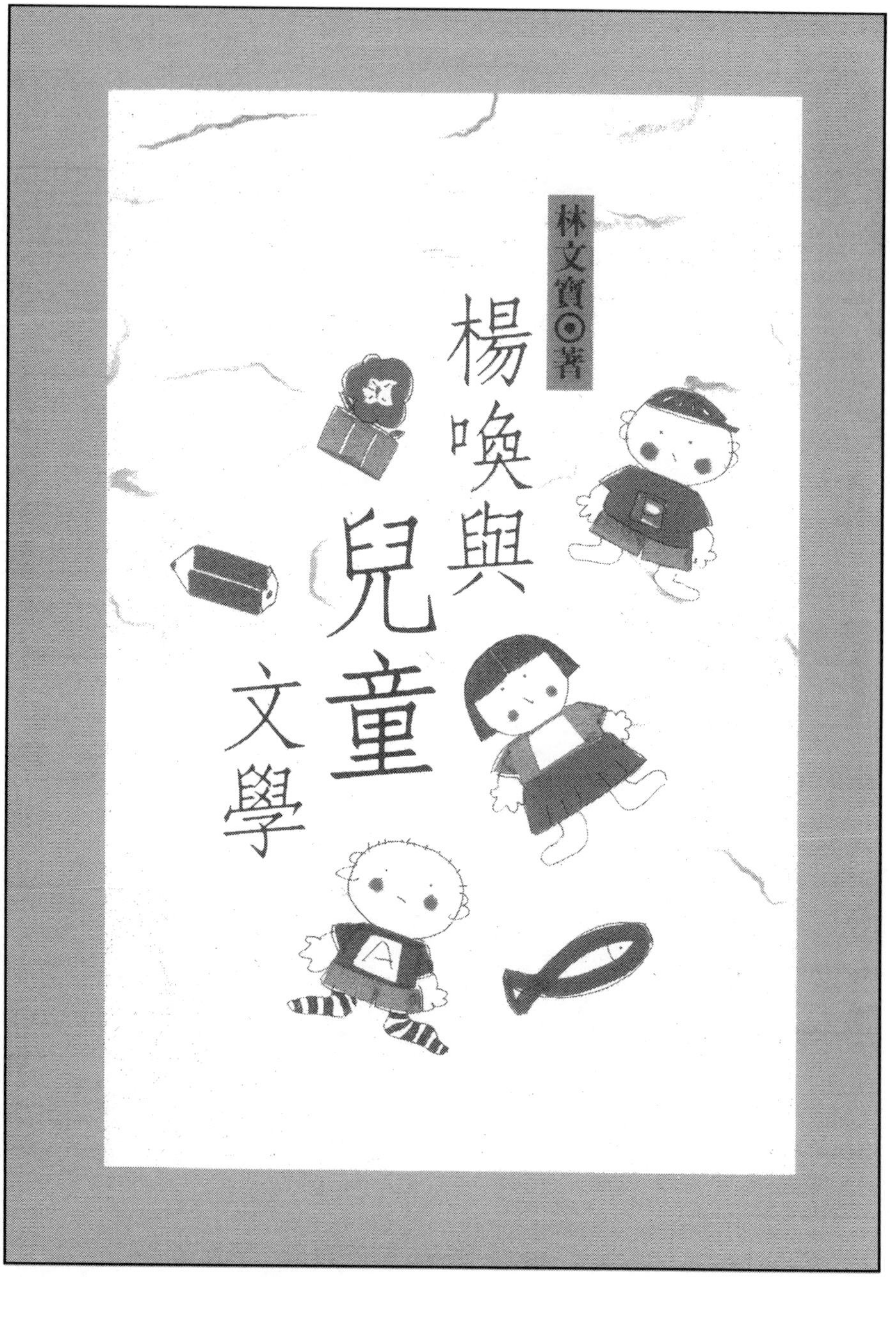

《楊喚與兒童文學》原版書影

國家圖書館出版品預行編目資料

楊喚與兒童文學／林文寶著. --初版. --臺北
市：萬卷樓發行；三民總經銷, 民 85
面；　公分
參考書目：面
ISBN 957-739-147-8(平裝)

1. 楊喚-作品集-評論

859　　85004292

楊喚與兒童文學

著　　者：林文寶
發 行 人：許錟輝
總 編 輯：許錟輝
責任編輯：李冀燕
發 行 所：萬卷樓圖書有限公司
台北市和平東路一段 67 號 14 樓之 1
電話(02)3216565・3952992
FAX(02)3944113
劃撥帳號 15624015
總 經 銷：三民書局股份有限公司
台北市復興北路 386 號
訂書專線(02)5006600（代表號）
FAX(02)5164000・5084000
承印廠商：晟齊實業有限公司
定　　價：320 元
出版日期：民國 85 年 7 月初版
出版登記證：新聞局局版臺業字第伍陸伍伍號

ISBN 957-739-148-8

《楊喚與兒童文學》原版版權頁

目　錄

自序

本書能結集出版，自當感謝院方對學術研究的支持；以及本系何三本主任的美意，慨允列為本系語文叢書第六種。

本書原以「楊喚研究」為題，分別兩期刊登於東師學報；其間並將部分章節、參考書目發表於不同刊物，試列登載刊物與期數如下：

楊喚研究（上）　見民國七十八年六月「台東師範學院學報」第二期，頁307～140。

楊喚研究（下）　見民國八十年六月「台東師範學院學報」第三期，頁61～110。

楊喚對兒童文學的見解　見民國七十七年三月「國教之聲」二十一卷三期，頁1～3

楊喚對兒童的見解——楊喚研究之一　見民國七十七年九月～十月「台灣文藝」雙月刊第一一三期，頁8～16

楊喚研究資料初編（上）　見民國七十七年四月「中華民國兒童文學學會會訊」四卷二期，頁22～23。

楊喚研究資料初編（下）　見民國七十七年六月「中華民國兒童文學學會會訊」四卷三期，頁39～40。

楊喚研究資料初編　見民國七十七年十二月「文訊」雜誌三十九期，頁260～265。

楊喚的兒童詩　見民國七十八年十月「幼獅學誌」第二十卷第四期，頁122～173。

除外，並收錄「試析『春的訊息』」一文作爲附錄。「春的訊息」，見於國小「國語」課本第十冊第一單元，也是該冊的第一課。這首詩是由楊喚「春天在那兒呀？」一詩改寫而成。本文原刊於民國七十七年五月台灣地區省市立師範學院七十六學年度「兒童文學學術研討會論文集」（見頁95～102）。其中因排版錯誤之處頗多，後來於民國七十八年四月，又重新刊登本校「國校之聲」第廿三卷第三期（見頁1～7）

又本書正文發表時，是以「楊喚研究」爲題，而今結集出書，爲求與內容切合，易名爲「楊喚與兒童文學」。

民國八十三年二月於東師

第壹章 緒論

他最喜歡小孩子和小動物。

他也喜歡蓄留長髮。

而他最大的嗜好就是抽煙；其次是看電影、讀書、寫字、散步和唱歌。除外，他也喜歡看卡通影片，尤其是華德狄斯耐的片子。

其實，在他的日子裡，充滿了痛楚、饑餓、流浪、窮困與疾病。可是，他所歌並實踐的則是愛與戰鬥的歌聲。

他是曾經被虐待折磨過的小白菜，從小就是個可憐的小東西。曾在北風裡唱過「小白菜呀！遍地黃」的可憐的小東西，那挨打受罵、以痛苦做食糧、被眼淚餵養大的小東西。

小時候，在哭聲裡長大，使他所有年輕的日子盡是蒼白的憂鬱。從落後的農村被放逐出來，又跌落在都市的霓虹燈彩裡。

在台北市的霓虹燈彩裡，突然，有一天，他向著西門町的路上一陣風似地走了，於是乎：

> 平交道上的柵欄放下了，鈴也在不停地響著，一群行人都截在鐵路的東邊，裡面也有楊喚。一列南下的火車馳過去了，可是柵欄還沒有收起，有幾

個等不及的軍人便跑過了鐵軌。楊喚也等不及了，連向兩邊看也沒看一眼，拔腿就跑。一位太太沒抓得住他。北上的客車已臨眼前。在楊喚剛跑到第二條鐵軌的時候，脚下一滑，冷不防平交道的木板與鐵軌間的隙縫嵌住了他的脚，而跌倒在鐵軌上。正在這千鈞一髮的時候，兩邊的行人都撕破了喉嚨地喊著：「爬！快爬！」可是在他還沒來得及爬的時候，那無情的鐵輪已從他的兩條大腿上滾了過去。等到列車馳過的時候，他已死去，其狀至慘。時間是三月七日上午八時四十分。他享年不滿二十五歲。凡是知道他和認識他的人，無不為之同聲一哭。（見洪範版「楊喚全集」下冊，頁528）

他——楊喚，就這樣的走了。當他活著的時候，是不太爲人所知的。就連新詩圈子裡的朋友們，也沒有幾個人注意到楊喚的存在吧！

楊喚是台灣兒童文學的先驅者之一，可惜那時候只有少數人注意到兒童文學，就是他優美的抒情詩也被淹沒在戰鬥與超現實的聲浪中。翻閱六十年以前有關新詩史之書，竟然沒有楊喚的位置，更遑論其他。

楊喚上承綠原。綠原的詩，唱出童年的幽怨、輕愁和無知。他的詩輕快而不虛浮，哀樂而不逾常，有稚子之心、天眞之情，在中國新詩之聲裡是一支牧童的短笛，不時洋溢著鄉野的氣息。這是一條寬大的路，從楊喚到目前流行的「童話詩」，無一不受綠原寫作的影響。

民國五十六年，名女詩人王蓉子應台灣省教育廳兒童讀物編輯小組的邀請，特地給小朋友寫了一本兒童詩集——「童話城」。「童話城」是民國三十八年後台灣第一本兒童詩集。似乎就在這個時期裡，在屏東仙吉國小的黃基博老師也開始在指導兒童寫詩。

而被火浴祭典過的楊喚，猶如再生的鳳凰。楊喚的兒童詩，幾乎成爲台灣這三十幾年來兒童詩的創作範本。

而今可見的最早模仿者有茲茲，茲茲的作品亦多發表於「中央日報」的「兒童周刊」。蘇尙耀先生在「童話詩及其他」一文裡亦曾說：

> 日前接到一位未曾謀面的詩人朋友來信，提到二十多年前一首童話詩，勾起我一段美好的回憶……。
>
> 雖然那是我唯一的一首小童話詩，當時卻受的是詩人楊喚的影響。我記得當時楊喚是用金馬車的筆名在兒童周刊上發表童話詩的。他的詩造語和諧自然，形象鮮明生動，讀了使人深深地喜愛和敬佩。我知道造語和諧自然，

須經苦心經營（要錘煉不是雕琢），並不是信手拈來就做得到的；形象鮮明生動，也需要有相當強力的想像，然後用具體適當的詞彙鑄造出來，不是一般喊口號或徒有熱情的人寫得成。所以曾經讀和剪存楊喚的那些詩，別人的詩因為太深、太抽象，我多看不懂也無法感受，讀得很少。後來楊喚的封面裝幀精雅的「風景」詩集出版，剪報也就保存了。

前些年參加小學生雜誌社，跟林良先生等合編「兒童讀物研究」的時候，有意介紹楊喚的童話詩，幾個人談起來，林先生慨然自任。林先生深具詩人的氣質和修養，認識詩人朋友也多，所以經他介紹的楊喚和他的童話詩，較我完善，也較我原先所擬想的深刻多了。

「風景」出版，完整的收集了楊喚的童話詩，我的剪詩不再保存。我自己寫的「夏夜的童話」存報也丟了，居然還有詩人朋友保存著，使人深深感動。至於要我提供別的資料，實在是無法應命了。（見六十九年二月二十四日國語日報「兒童文學周刊」407期）

六十年代是楊喚的再生期。在民國五十七年國小暫行舊課程的國語課本裡，曾改編了楊喚的五首兒童詩：

小螞蟻　第二冊十七課　改自「小螞蟻」
家　第四冊十三課　改自「家」
蝸牛的家　第四冊十五課　改自「小蝸牛」
春天來了　第十冊第一課　改自「春天在哪兒呀?」
打開你的眼睛　第十冊十三課　改自「眼睛」

至民國六十四年後的新課程國語課本裡,「打開你的眼睛」刪除,改放在六下習作第七課。而原題爲「春天來了」,又重新加以改寫,並易名爲「春的訊息」。「夏夜」則編入國中國文第一冊第三課。

至民國六十九年,則是楊喚的顛峰期。民國六十九年初,舒蘭與林煥彰等人廣邀兒童文學界朋友,籌辦「布穀鳥」兒童詩學同仁季刊,雜誌於四月四日創刊。創刊號並發布:「楊喚兒童詩獎評選辦法」。

其後,並於「布穀鳥」第五期(七十年四月四日)、第十期(七十一年七月七日)、第十四期(七十二年七月七日)公布各屆紀念楊喚兒童詩獎的得獎人及得獎作品。

「布穀鳥」兒童詩學季刊發行至十五期(七十二年十月十日)。停刊後,有關紀念楊喚兒童詩舉辦的活動也宣告結束。在十五期的「布穀鳥」兒童詩刊裡,曾刊登了不少欣賞楊喚的兒童詩。雖未能評盡楊喚的兒童詩，卻又再度引人注意。歸人在「楊喚全集」的「前記」裡，曾記述其殊榮如下：

我瞭解千萬在苦難中成長的孩童、少年、壯年乃至老年人，都熱愛楊喚的作品的原因了。據作家林文煌先生函告，他本人在對國中學生調查中發現，學生對國文各課的作品，以喜愛楊喚的人數最多——佔百分之六十五以上。徐志摩、朱自清等人，倒遙居其後了。我舉此例，無意顯示楊喚在文學上的成就，超越前述大家。但獲致這種意外的熱烈反應，自當有其不偶然的因素在。

此因素為何？我們由他的作品和生活中，可獲致如下的回答：他將愛付諸人間，將美呈諸兒童，將真摯的血淚，投之於文學故。

正因如此，他去世不久，生前發表的有限作品——抒情詩共約四十首，兒童詩不滿二十篇，立即引起普遍的重視與喜愛。三十年來，公、私出版機構或印行為單行本，或輯入為選本的，數見不鮮；悼念及評論文字，尤不知凡幾。由小學課本、中學教科書、乃至研究生的論文、選入或作為主題的，則有早已司空見慣。他的詩文被學者、作家、博士、教授引用、或摹倣的，則有目共睹，群以為榮。又有楊喚紀念獎之設立。至於集會朗誦其作品者，就更時有所聞了。古人謂「千秋萬歲名，寂寞身後事」，僅有不滿二十五年生命旅程的楊喚，世人給予他的殊榮，他應該引以為慰吧？無論中外、無論古今，像他的孤苦身世，坎坷際遇，其作品竟獲得如許的廣大共鳴者，實鮮有其匹。這是他生前從未想到，也不願想到的事呢！

而今，三十年一晃已過。蓋棺論定，生前一無所有的楊喚，他的「美好的完成」，業已完全被人肯定的走進文學史的殿堂了。身後的他，絕不寂寞！

（見全集上册，頁10～11）

姑不論歸人之詞是否有失客觀與平實，但楊喚生前寂寞、憂鬱，而死後享盛名，則為事實。當然，其間，有人說他是天才，有人懷疑他是否天才，也有人懷疑他在兒童詩發展史上的地位，而我們也懷疑，到底我們曾用了幾分誠心去了解楊喚。在楊喚逝世後的三十一年，總算有了「楊喚全集」的問世。雖然，或許仍有散失在人間的作品、遺札，尙待蒐求，但亦足以據此全集以研究他在文學上的成就，並肯定他在文學史上的地位。

全集收錄抒情詩五十八首，兒童詩二十首。就目前而言，他的兒童詩更具魅力。

在兒童詩發展漸成模式的今日，實在有重新檢視早期先驅者之作品的必要，是以有研究楊喚的動機。

幾經收集與閱讀，雖有全集當前，仍禁不住興起斯人已渺茫之嘆。楊喚短促的一生，充滿了寂寞與憂鬱、疾病，而在兒童詩裡卻洋溢著愛心、和諧與幸福，幾乎每首作品都能發現：一顆晶亮的愛心閃爍著，一股和諧的氣氛瀰漫著，一種幸福的感覺充實著，而這三種東西，也正是楊喚優美的兒童詩中，最珍貴的寶藏。這種寶藏一言以蔽之，即是所謂的童話精神。這種童話精神，亦即是本論文的基本架構。透過童話精神，可以看楊喚的心路歷程；透過童話精神，可以瞭解楊喚的兒童詩。除外，並論及他的著作。本論文計分：

第壹章：緒論。
第貳章：楊喚的生平。
第參章：楊喚的著作。
第肆章：楊喚的寂寞與愛。
第伍章：楊喚的「童話城」。
第陸章：楊喚對兒童文學的見解。

第柒章：楊喚的兒童詩。

其中，生平與著作部分，皆取材自他生前好友的文章，以及他自己的書簡記錄。在研究過程中，他的書簡，可說是一項非常重要的第一手參考資料。我們眞該感謝楊喚生前好友們的細心保存。

楊喚的著作包括抒情詩、兒童詩、書簡等。由於本文取向以兒童文學爲主，是以有兩章專論兒童文學與兒童詩。有關著作的論述，亦傾向於資料的綜合與整理，而非文學成就與價值之研究。請喜好楊喚抒情詩的高雅君子見諒。但願日後能有機會補足有關抒情詩部分之研究。

在第肆、伍章裡，除應用個人有限的心理與輔導知識外，並取用吳靜吉「害羞、寂寞、愛」、劉中華譯本「小飛俠併發症」的某些觀點，以分析楊喚的心路歷程，分析的結果似乎不太完美，但是個人態度的誠懇，則是不爭的事實。分析的結果正印證著人文心理學的一句回顧童年的話，也印證著海明威的話：

一個文人最好的訓練是不快樂的童年。（見五十六年五月今日世界版「美國現代七大小說家」，頁208引）

所以，歸人在「楊喚全集」的「前記」裡也說：

如果就文學創作的環境而言，楊喚應該是令人羨慕的。首先，他生逢一個苦難的時代，又出自一個不幸的家庭。這種種，創建了他的文學成就。自然，他的橫溢天才，是人罕可及的條件之一（見全集上冊，頁27）。

第陸章略述楊喚對兒童文學的見解。雖然，楊喚對兒童文學的見解並不高深與精闢，但是，在那只有少數人注意到兒童文學的時代裡，他的見解自是彌足珍貴。

第柒章，論述有關楊喚兒童詩的種種。楊喚的筆名有：白語、白羽、白鬱、羊牧邊、羊角、楊粲和楊喚等，從筆名中可看出他多愁善感的個性。可是，在兒童文學世界裡的兒童詩與童話，卻有個專用的筆名——「金馬」。何以用「金馬」，葉泥在「楊喚的生平」一文裡說：

有人問他的筆名為什麼叫金馬？他回答說：「金馬才能配金鈴啊！」原來劉妍也是寫詩的，她的筆名就是金鈴，這是楊喚送給她的。（見全集下冊，頁522）

在金馬的筆下，他走進童話世界裡去遨遊，去回味自己的童年，又反芻年少時候的一些往事，更猶如「童話裡的王國」所云：

太陽先生送給你的那顆小小的希望星
就送給最愛你的小戀人罷。（見全集上冊，頁170）

在兒童詩的童話世界裡，他變成了小飛俠，他掙扎過，他努力過，可惜天不從人願。他宛如一道絢爛的彩虹，閃耀在壯麗的長空，令人遺憾的是：剎那間即消逝。在收集資料與研讀過程裡，實在不能忍受我們對資訊的冷漠，以及對史料的不重視。逝者如斯，今日不收集猶如廢棄，他日只能長嘘短嘆。

本文得以完成，要感謝的人實在太多，尤其是歸人、趙天儀、林武憲、陳信元等人，沒有他們的熱心與幫忙，身處東隅的我，實在不能收集到各種有關的資料，願我們能共同爲兒童文學而努力。

又本文各章皆可獨立成章，是以各章之中會有某些雷同現象出現，並請見諒。

全文完稿於民國七十六年四月

第貳章

楊喚的生平

楊喚原名楊森。楊喚是他來台灣後寫抒情詩的筆名。民國十九年九月七日生於遼東灣沿岸的菊花島上，菊花島是屬於遼寧省興城縣。

襁褓中失去了母親，再加上命運的乖舛，而使他的個性變成了孤僻，在短促的一生裡，過的日子都是蒼白而憂鬱。母親留下來唯一的愛撫，只是一條俄國毯子，這條墨綠色的俄國毯子是他身後唯一的財產，也是他連一夕也從未離開過的物件，他珍視它如自己的生命，也是他帶回天國去的殉葬品。

父親終日爲了一家的生活奔忙，也是個花天酒地的人，他不懂得愛孩子。眞正疼愛他的是年邁龍鍾的祖父母，而祖父卻又患著遺傳性的癱瘓病，長年的躺在炕上。祖母既要服侍病人，又要操持家務，難怪他說自己是在哭聲中長大的。

後來，父親從菊花島上把家搬到對岸的沙後所後，家況更壞。祖父母去世，繼母進門來，楊喚成了家人的眼中釘，兩個異母妹妹待他形同路人。生長在這樣的一個環境裡，既沒有親人的疼愛，也沒有受到良好的家庭教育，和野地裡的小草一樣地自生自長著。

楊喚有個不快樂的童年。他童年的不幸，主要是生母的早亡，父親又是個缺乏責任感的酒徒，繼母的虐待，使他的孩童時代，塡滿了劫難，就是後來得以掙脫，也不過形同放逐的逃避而已。可是，比這更不幸的是民國二十年的九一八事變，那年，他才三歲，從小便飽嘗異族統治下的痛苦和辛酸，他曾在童年的照片上，有如下的題辭：

> 都說童年期是美好的，就是回憶裡也有享不盡的甜蜜，但，我呀，我不知道那「過去」都是怎麼過去的；而現在呀，我又不知道我是在哪裡。從小就是個可憐的小東西。那在北風裡唱著「小白菜呀，遍地黃」的，那挨打受罵，以痛苦做食糧，被眼淚給餵大的小東西。
>
> 可是，比這些更不幸的，那該是我們這群小羊們被狼給關在柵欄裡；培養我們這些小花枝、小蓓蕾的，不是那甘美的噴水，竟是那罌粟的毒液。童年期，那樣的童年期，一如一個悠長的冰冷的世紀。（見全集上冊，頁225）

楊喚小學畢業後，考取了初級農業職業學校牧畜科，他日後曾自比「牧豬奴」，自比「農場裡的醜小鴨」，也許這就是這麼來的。從此他逃出繼母的勢力範圍，而不幸的童年也逐漸成了過去。

他在中學裡得到溫暖的友情，純潔的愛情。他最要好的朋友，有我亞和劉妍兄妹。他和我亞、劉騷曾插香盟誓，結拜爲異姓兄弟，他是在這些伙伴中最突出的一個，也是他們的大哥。而劉妍則是他的小愛人。只有這一段時期，他才眞正地過著幸福與快樂的日子；他們散步、讀書、繪畫、寫作都在一起，也曾以將來成爲「作家」相互期許。

那時候是僞滿州時期，不能自由地吸收祖國的文化，一些「建設新滿州」、「建設大東亞」的口號，更不能滿足他們對於知識方面的渴求；他認爲這些較之他那苦難的童年還更不幸。但是，他仍努力不懈，他編級刊、編詩刊，並且向東北各副刊、雜誌投稿。

民國三十六年，十八歲，初農畢業，他父親也在這年病故。他決定離開那冰雪凝寒的北方。

夏天，他隨著二伯父楊楓辭別了那生於斯長於斯的故鄉，也辭別了他的好友與小愛人南下。先在天津，不久，轉到青島，並在青島的「青報」工作。

在青島「青報」供職的一段時期，也是頗爲愜意的，他的職務是當校對。由於吃力的工作和勤奮的苦讀自修，而傷害了他的眼睛——近視且患有角膜炎。這是他一生中最大的不幸。

民國三十七年的春天，報社的副刊編輯因病請假，他暫時接替，由於成績甚著，立即升副刊編輯，當時他的年齡還不滿二十歲。那時，他認識了不少寫作的朋友和作家，同時他也寫出不少美好的作品，大都是發表在當地和外埠的報刊上，所用的筆名有白語、白羽、羊角、白鬱、羊牧邊、楊絮、路加等。同時，由青島文藝社出版了他的第一本詩集。

他的副刊編輯生涯很短，那一年，烽火很快蔓延到青島，「青報」解散。他把所得到的六個月的遣散費，換成兩大籐條箱珍本的文學名著，而他的身上，依然衣衫襤褸如故。他打算在二伯父家苦讀，但是二伯父家的孩子鬧得他不能用功，加之時局日漸緊張，於是他又興起南下的念頭。

二伯父託了一位朋友，把他帶到南方的廈門。

在南下的同船中有位王老太太，待他一如劉妍的母親。

在廈門，一時找不到職業，因而時時地挨著那位朋友太太的白眼，在動盪的時局下，他有著說不出的委屈，他寧可在街上遊蕩，情願餓著肚子少吃一頓飯，也不願回到朋友的家裡挨白眼。

楊喚爲了生活，準備到電影隊去當兵。朋友不忍心捨棄他，把他鎖在樓上，不讓他走。但是那天晚上，他利用一條繩子逃了出去，成爲電影隊的一名士兵。

進了電影隊，他又遇到災難，長了一身疥瘡。幸好有位李老太太很喜歡他，把他接到家裡去靜養，並且有意思招他入贅。就在這個時候，電影隊把他開了缺，並且開拔走了。

楊喚在溫情裡養好了皮膚病，他婉謝了李老太太的美意。爲了報答李老太太對他的一番恩情，他拜李老太太爲義母，李老太太並爲他起名字叫做李天興。

隨後他又考進部隊，充當一名上等兵。民國三十八年的春天，隨著部隊到了台灣。

來台以後，幾次的擢升，他成爲上士文書，工作單位是東南長官公署警衛團的政工室，地點是當時上海路的大營房裡面。他操有濃重的東北口音，和同事們處得很好，可是煙癮很大，有時甚至以撿煙蒂來打發。

民國三十八年六月，在工作的單位裡，認識了書簡中「康稔」的「歸人」，歸人驚奇於他兩大箱裡的珍本名著。在警衛團裡，他和歸人、李含芳常在一起，而歸人更是他寫作的好友。九月五日他以「金馬」爲筆名，在「中央日報」的「兒童周刊」上發表了第一首兒童詩——「童話裡的王國」。

在上海營房中的一段生活，是他們在知識領域上，猛烈吸收的時代，也是勇於閱讀的時代。在那個時候，他們發現新公園內的省立圖書館，幾乎每天下班後，都往圖書館鑽。有時，也到重慶南路逛書店。而後，民國三十八年底，歸人請假離團，轉赴澎湖工作。

楊喚當時的職務是辦壁報。負責編一張週報，連編帶寫稿子、刻鋼版、印刷，集記者、編輯、校對、謄錄、印刷於一身，他是辦公室裡的博士，秘書的秘書，大家都喊他為「活字典」。可是，他認為年輕人不該過這種文書匠的生活，他的生活裡充滿著寂寞與憂鬱。

民國四十年的春天，他認識了葉泥。兩個月後，他也調到葉泥的單位工作（國防部第五廳）。從此他們生活在一起，工作在一起，讀書、散步、寫作都在一起。楊喚寫兒童詩，葉泥翻譯童話，他們想為孩子們多寫些好的作品。

他曾暗戀著同在國防部服務的一個女孩子，書簡中稱她為金像獎。他們朝夕在車上相遇。由於自卑感和禮俗的作崇，雖然他們相遇的時候總是彼此互相諦視，而又羞澀地低下頭來；雖然他們都能多少知道彼此的一點情形，但總是恐怕自己自作多情，不曾說過一句話。等她離開後，她的影子一直矗立在他的心頭，久久揮之不去。

民國四十一年初，葉泥把詩人李莎介紹給楊喚。認識李莎，對他的寫作事業頗有影響，李莎當時主編「新詩周刊」。從此，楊喚和詩壇發生關係，他以「楊喚」為筆名，開始在「新詩周刊」等園地發表抒情詩，而兒童詩幾乎不大寫了。

詩人節的詩歌朗誦晚會上，楊喚又認識了詩人紀弦和季薇。

他油印詩刊的夢想，無時不忘，詩刊的名字命爲「詩布穀」，詩稿也已集齊，他刻蠟紙，葉泥油印；等到印了一半的時候，由於紙張費發生了問題，只好又宣告停止。從那個月起，他們每個月都買兩張愛國獎券。他們計劃著不但要出兒童刊物、詩刊、婦女讀物等七、八種刊物，還要籌辦書店、文藝沙龍。只要特獎落在他們頭上，這些計畫就可以馬上實現。

民國四十一年的夏天，歸人從澎湖回來，他們兩位老朋友相見甚歡，一種愜意的微笑，每天都離不開他的嘴角。他的情緒的確好得不能再好，他也寫出了不少的好詩，都發表在「新詩周刊」和「現代詩」上。

可是，他的自卑感一直很重，他怕見生朋友，在女人的面前尤其靦覥。他羨慕朋友們能脫離文書生涯。

他有驚人的記憶力和思維力。任何一個朋友的通信地址他都記得很清楚，而用不著記在記事簿上。

他對自己的作品不重視，寫完了就丟，所以失散的比發表的還要多，寄出的稿子也從不留底稿。

民國四十二年下半年，他又驚服於一位書簡中稱之爲「頑童」的女孩子寫詩的天才。歸人在「楊喚的生活與文學」一文裡說：

那一晚，他也把一位年輕女孩子的幾首詩，讓我品評。言談之間，他頗表嘆賞。無形中，我知道那位年輕的女孩，給予他不少激勵。但是，這之後，他彷彿又沉寂起來，並且告訴我，不想再寫詩了。原先，我以為只是說說而已。誰知迨至他去世之日，當真再未有何創作。詩人的心情，本是極為微妙莫測的。（見光啟版「楊喚書簡」，頁27）

又楊喚於民國四十二年七月二十九日致李莎書簡，歸人於「附註」裡云：

這封寫給李莎的信，並未寄發，是在他的遺物中發現的。所以連李莎也沒見到過。時間是四十二年七月二十九日。在信中，他對林泠小姐的詩，表示由衷的讚揚。有了這封信，印證出他當時跟我的私下談話。可是言猶在耳，物在人亡者已三十年！人生情分，果係神秘難解的謎嗎？（見全集下冊，頁506）

這個書簡中的「頑童」，使楊喚警惕自己，也使楊喚爲她受折磨而自溺，這是使楊喚的生命發生巨大震撼的一個故事。從此，他很少再寫東西。而後於民國四十二年十一月二十日給傳璞的書簡裡決定正式封筆。

民國四十三年的春天裡，他一直過著落寞的日子。心情時好時壞，常是一個人抱著一些哲學的書籍在讀；雖然每天也談笑自若而無異於往日，但他的內心裡卻覆上了一層憂鬱的網子，尤其是在二月中下旬的時候。

後來，「安徒生傳」在台北市上演，他又恢復了往日的那種愉快的心情，並且下定決心多讀點好書，不再胡思多想。

三月四日，他還給了葉泥五塊錢，那是他不久以前借去買眼藥的錢。

五日下午，他整理了一下午的抽屜，燒了很多亂紙。裡面包括一些朋友給他的信，他的半本日記，還有一些未寫成的稿件。他把抽屜整理得特別乾淨，眞有從憂鬱的泥沼裡拔出脚來，而痛下決心重新再生。六日下午，上辦公室後，他坐在自己的位子上用鋼筆畫了不計其數的青蛙、烏龜、熱帶魚，但臉色灰白，有些怕人。

七日，禮拜天。他起得很早，在公園裡散完了步，邊唱邊跳地到了辦公室裡，他向同事們要不到勞軍的電影票；有人拿出錢借給他，讓他到北投去參加朋友的婚禮，他看窗外正落著霏霏細雨，他決定不去了；在辦公室裡繞了個圈子，他走了。

走出了介壽館的後門，他無目的地向北走，遇到一個同事，給他一張勞軍電影票，他極其敏捷地行了一個舉手禮，那位同事還來不及還禮，而他卻向西門町的路上一陣風似地跑走了。

而後，他在西門町平交道闖柵欄，不慎跌倒在鐵軌上。

而後，北上火車的鐵輪軋碎了一朵白菊花，他只有白色小馬般的年齡，他享年不滿二十五歲。

而後，所謂初級農職的學歷，艱苦的童年，流浪的歲月，忙迫的工作，糾纏的病痛，貧苦的生活；還有，他喜歡的香煙、電影、讀書、散步、唱歌，以及華德狄斯耐的卡通片，一切都成了過去。

附　楊喚生平紀事年表

紀年	紀事
十九年	九月七日出生於遼寧省興城縣菊花島上。

二十年	母親去世。 九一八事變發生，日本關東軍爆破柳條溝的鐵路，攻擊國軍，占領瀋陽，進據東北。
二十一年	三月九日僞滿州國宣告成立，溥儀就任僞執政。
二十二年	搬家到沙後所。 父親續弦。 楊喚可能遲至八、九歲才入小學。
三十三年	小學畢業。 考進初級農業職業學校。在學校裡認識了我亞、劉騷等人。
三十四年	八年抗戰勝利。二伯父楊楓還鄉。 開始向東北報刊投稿。
三十五年	認識劉朝魯（即劉騷）的妹妹劉金鈴，即「楊喚全集」中的「劉妍」。
三十六年	初農畢業後，在柳城飄泊，爲未來行止徬徨。 父親病故。 六月隨二伯父入關，抵達天津，七月中旬南下青島，並在「青報」任職校對。

三十七年	春天，升任副刊編輯。 認識許多寫作的朋友，並努力寫作。同時，由青島文藝社出版了他的第一本詩集。 烽火漫延，「青報」解散，所得六個月遣散費全部購買珍本文學名著。 南下遠走廈門。進電影隊當兵。生疥瘡，幸賴當地李老太太設法醫治和照顧。養病期間，電影隊開拔而去。
三十八年	病癒後又考入部隊充上等兵。 春天，隨部隊到台灣。編入東南軍政長官公署警衛團的政工室。其後，由上等兵逐次地擢升爲上士文書，負責標語、海報等設計。與同事相處和睦。 六月，認識了歸人、李含芳等人，並時常至省立圖書館閱覽。開始寫童話詩，以「金馬」爲筆名的第一篇作品——「童話裡的王國」，九月五日發表於「中央日報．兒童周刊」。年底，歸人請假離團，轉赴澎湖工作。於是有「致康稔」書簡。目前所見書簡，始於三十九年二月一日，止於四十三年一月二十五日。
三十九年	有「眼睛」、「小紙船」、「毛毛是個好孩子」、「森林的詩」、「給你寫一封信」等兒童詩發表於「兒童周刊」。
四十年	有「快樂的歌」、「春天在哪兒呀！」、「快上學去吧！」、「夏夜」、「肥皂之歌」、「家」等兒童詩發表於「兒童周刊」。 初春，認識葉泥。兩個月後，調到葉泥的單位，即國防部第五廳工作，擔任收發、繕寫工作，以書法特優，常負責書寫呈最高當局的文件。 曾鍾情一位同在國防部工作的女孩子。書簡中名之爲「金像獎」。

四十一年	年初，葉泥把詩人李莎介紹與楊喚認識。當時李莎正在編「自立晚報‧新詩周刊」。以「楊喚」爲筆名，開始發表抒情詩。 夏天，歸人從澎湖來北，相見甚歡。寫了不少的好詩。時歸人寓師範學院（今師大前身）教師宿舍，因得與其友人吳自甦、李選民相識。
四十二年	創作「詩的噴泉」。 有兒童詩「花」一首發表於「兒童周刊」。 七、八月間，驚服於一個書簡中稱爲「頑童」的女孩子的寫詩天才。因此時常警惕自己，甚至爲她癡情而不能自拔。從此，很少再寫東西。 十一月二十一日前往宜蘭訪問歸人，在歸人寓所致書未謀面的傳璞，坦陳自己對詩與創作的觀念和態度，並決定不再寫詩。
四十三年	三月七日上午八時四十分，喪生於台北西門町的平交道上，享年不滿二十五歲。

第參章
楊喚的著作

楊喚逝世的第二天上午，他的朋友在國防部第五廳為詩人舉行公祭。同時，詩人紀弦與覃子豪等人商定辦理兩件事情。

一、是借「民友報」文藝版篇幅出特輯。

二、是整理詩人遺著出集子。（見紀弦「從楊喚逝世到風景出版」，光啟版「楊喚詩集」，頁158～160）

第一件事情很快就辦好了。除外，「現代詩」第六期，旋即出刊「楊喚逝世紀念小輯」。又六月五日詩人節，文協假「文藝沙龍」舉行慶祝晚會，節目有紀弦朗誦楊喚的遺稿。

第二件事情可不那麼簡單。他們分兩方面進行工作：一方面成立編輯委員會，由覃子豪、李莎、方思、葉泥、歸人、力群、紀弦等七人組成，大家分頭去收集散見各報刊的詩人遺著，然後愼重整理；另一方面由於現代詩社經濟基礎異常薄弱，印書不易，便由葉泥與紀弦募集出版基金。楊喚遺著「風景」詩集，於民國四十三年九月由現代詩社出版，風評極佳。

楊喚早年即與朋友以將來成為文豪互相期許。而事實上，他在民國三十四年，已開始在報刊寫稿。光復以後，在東北報刊上，他已經是位被人注目的作家了。

民國三十六年，他隨著伯父輾轉到了青島。伯父介紹他到「青報」擔任校對。民國三十七年春天，報社的副刊編輯因病請假，楊喚接替了一段日子，成績甚著，即升爲副刊編輯。這時，他還不滿十九歲。

這是他文學生活的另一段茁壯時期。在風雨飄搖的時局下，青島反而有異乎尋常的繁榮。若干教育文化界人士，也集中到青島來。似乎臧克家、田地之類的詩人，也在此地從事統戰工作。那時，他認識了許多朋友與作家，同時也寫了不少作品。所用的筆名有：羊角、楊白鬱、羊牧邊、路加。同時，由青島文藝社出版了他的第一部詩集。

來台以後，在長官公署警衛團政工室工作。作的是壁報、周刊之類的工作。他曾想辦法辦純詩刊、兒童刊物，皆因窮而作罷。民國三十八年至四十年，以「金馬」爲筆名，寫兒童詩，這是他寫兒童詩最努力的一段日子。至於他再度致力於新詩創作，應是民國四十年以後的事。

楊喚生前的寫作動機，時常是對淒苦童年的憑弔和補償。同時，他也不留底稿，民國三十九年七月五日給康稔的信裡說：

我寫過的東西多是不留底稿的。假如登出來，你可以在「兒童周刊」上看到它，不然，你沒有這個「眼福」了。（見全集下冊，頁301）

葉泥在「楊喚的生平」一文裡也說：

對於自己的作品他是最不重視的，寫完了就丟了。所以，散失的比發表的作品還要多，寄出的稿子也從不留底稿。四十年的秋天，在他過生日的時候，我曾把日常從報刊上剪下來的他的作品貼成一本送給他，他雖然很受感動，而卻說：「你真傻瓜！這些東西根本就值不得費這些事的！」（見全集下冊，頁526）

又他於民國四十二年一月六日給葉纓的信裡也說：

提起詩，我只有感到慚愧。幾年來，我寫的很少，也極壞。發表的那些又沒有剪貼起來過。因為我恥於讓它們再見我。現在且把這些兒童詩拿給你看（這是一個朋友為我剪貼的，在我生日那天，他把它當做禮物送給我的）。

但這要有條件，你不能不把批評寫給我或說給我。因為你們即將做「先生」的，對「兒童心理」這一課，要遠較我這亂寫東西的內行而又高明得多多。

(見全集下冊，頁462～463)

因此，歸人在「楊喚的生活與文學」裡說：

他不太喜歡用稿紙，一有了靈感，就隨意寫在白紙上，然後塞進衣袋裡。到了傍晚燈下，或者漫步到野外，靜靜的坐下來，再掏出那破皺不堪的白紙，仔細打開，捏在手裡，陷入凝神沉思中。或者改動一兩個字，或者一字不易，又放進口袋。掏來掏去，那張白紙往往弄得面目全非，有的甚至不知所終。

……

這是他對詩創作的自白。我常見到他把一「片」詩稿，塞在口袋裡，搓揉得既髒又爛，而他仍玩索苦思，幾乎一夜為之頭白。但既經創作出來，他又不予珍視了。除了若干有紀念性的文稿，他對自己的作品，很少收藏。「楊喚詩集」(初名「風景」，現代詩社出版)一書，還是在他去世之後，朋友分頭收集，整理出來的集子。(見光啟版「楊喚書簡」，頁20～21)

同時，更令人訝異的是：

而令人訝異的是，他不是用本子寫，使用的是十六開白報紙的單頁，橫寫形式，日期綴於文末，字體如五號宋體，我想可能是世上日記字跡中最小的了。（見全集上冊，頁269附註）

由於他對自己的作品，很少收藏，再加上朋友的貧窮。因此，朋友雖分頭收集，但全集的印行，一晃已是三十年了。

「楊喚全集」總算在歸人的全力規畫之下，於民國七十四年五月由洪範書店印行。全集兩冊，計五百四十五頁，分散文、童話、日記、書簡等五輯。並有歸人長達三十一頁的前言，記述楊喚的生前與身後，又有附錄六篇懷念楊喚的詩文。

全集的出版，再加上歸人精心的編註，對楊喚的生活與思想，自能有較明晰的歷程。而個人亦據此以說明他的著作，尤其是有許多書札，和他的創作背景有密切的關連。研究他的詩，這些書簡乃是一項非常重要的第一手參考資料。以下試依次說明他在台灣寫作的各種類型的文學著作。其間兒童詩有專題討論，於此闕而不述。

一、現代詩

(一)詩集的編輯

詩是楊喚「寂寞、害羞、愛」的表徵，也是他對淒苦童年的憑弔和補償。來台後，仍有新詩的寫作。

至於再度致力於新詩的創作，是在民國四十一年四月認識詩人李莎之後的事。楊喚因爲李莎的關係才和詩壇建立關係。他以楊喚爲筆名，開始在「新詩周刊」發表詩，後來，並散見「詩誌」、「現代詩」、「新生文藝」、「中央副刊」、「野風」等。

當年紀弦把陸續集中的詩、作品，經過愼重整理，保留其佳作，刪去其次者，共得詩四十一首，兒童詩十八首。附錄收有覃子豪「論楊喚的詩」、葉泥「楊喚的生平」、歸人「憶詩人楊喚」、李莎「哀歌三章」。於楊喚逝世後六個月——民國四十三年九月，由現代詩社出版了他的詩集「風景」。初版印一千五百冊，封面七色。當時是最講究的印刷，但詩集的銷路不佳，而現代詩社也沒有經濟能力爲之再版。

而後，民國五十三年春季號的「現代詩」上，有個紀念楊喚的特輯。光啓出版社顧保鶺神父看到這個特輯，於是徵求紀弦同意，擬由光啓社出版社印行，其間對編排和印刷上的細節交換了一些意見，並作下列決定：

1書名改為「楊喚詩集」。

2「風景」以外十首（刊載於「現代詩」特輯裡的），除了「給康稔」的一首已見原書附錄文字，可不必重複外，其餘九首都收進去。

3其他都照原書，沒有什麼變動。

4用仿宋體精印。

至於序文，我本想請神父給寫一篇的，但他認為還是由我執筆較妥，我想這是義不容辭，便遵命照辦了。（見光啟版「楊喚詩集」紀弦序，頁4）

初版日期是五十三年九月。至六十五年九月，則有黃守誠校訂後的重排八版本問世。而洪範版「楊喚全集」中的詩，比原來的「楊喚詩集」新增了八首。其中一首是風格另具的長詩「我喝得爛醉」。這是首充滿鄉土風味的作品，大概寫於民國三十七年夏天，當時旅居青島，約莫十八歲的時候。他以樸實的筆觸，帶我們走進北方的農村生活，諦聽到遊子的鄉愁。

民國四十二年五、六月間，驚服於一個女孩子的寫詩天才，因此警惕自己，甚且有些苦惱著。楊喚為情所困而難以自拔，在給傅璞的信裡，論及詩的歷程，並表示「今後我將不敢再提筆了，將永遠不提筆以贖前罪，請相信我，這絕不是說著好玩的。」（見全集下冊，頁454）當時是民國四十二年十一月二十一日夜，於宜蘭歸人住處。此後，直到去世為止，他沒有再寫詩了。

至於其編排，歸人在「前記」裡有說明：

為了要凸現他這淋漓盡致的生命，在編註方面，我盡量的根據親見的第一手資料，直接間接的，作上述的發揮。「文如其人」這一古老的句子，我是深信不疑的。故在他的作品編排上，將五十六首抒情詩，作成自傳式的排列。以「小時候」為首，自童年、故鄉、流浪、愛情、友情、文學的追求，時代的感受以迄生命的探索；同時兼顧到他在文學藝術上多方面的造詣。只要依序讀去，便可獲致一個較為生動具體的風貌。以「我是忙碌的」一詩殿後。讓讀者在掩卷之際，仍然記得他的極其超脫的懷抱。（見全集上冊，頁6）

㈡佚詩

就書簡的記載，似乎仍有「我的家呀，在北方。」、「山村戀」、「零下四十度」、「瞄準啊！射擊」、「土地的兒子」、「詩布穀」等詩未完成或佚失。民國四十年四月二十八日給康稔的信裡說：

> 我要寫詩——「我的家呀，在北方。」
> 我想寫「山村戀」一章，紀念那老女人和那女孩子的詩。（見全集下冊，頁340）

又民國四十年一月三十一日給康稔的信裡說：

> 我又胡亂的寫了些東西，一篇二百多行的長詩：「零下四十度」，寄給「火炬」。（見全集下冊，頁333）

又民國四十年十一月十九日給康稔的信裡說：

我的「零下四十度」你在那裡看到？（是報紙抑或什麼月刊？）我自己還不知道。那是一篇不算太短的東西，在很久以前寄給「火炬」的，可是到現在也沒有一點消息。「火炬」是很久沒有出刊了，就是孫陵很久以來也沒有消息。不知道他是在埋首寫作，還是在幹什麼。假如你手頭有的話，請你寄一份來。（見全集下冊，頁362）

歸人在全集的「前記」裡云：

現在，全集中的詩，比原來的「楊喚詩集」新增了八首。只可惜他的一首二百行戰鬥長詩——「零下四十度」，我雖「上窮碧落下黃泉」，依然渺無消息。三十年的歲月，真的太長了嗎？這是一首最富戰志的巨作。若論其藝術成就，當不讓杜工部的「兵車行」專美於前；也不讓岳武穆的「滿江紅」獨步於後。還有一首「瞄準哪，射擊」，雖然不長，卻宛如匕首，鋒利無比。我們只能期之於奇蹟的出現了。（見全集上冊，頁9）

又民國四十一年二月一日給康稔的信裡說：

我在著手一章長詩：「土地的兒子」。想去騙騙中華文藝獎金會的詩歌獎，現在已寫就前幾章。（見全集下冊，頁389）

而歸人的附註是：

「土地的兒子」一詩，我似乎見過他寫的前幾章，但沒有寫完，且從未申請過中華文藝獎金。（見全集下冊，頁390）

民國四十一年一月十八日給路泥的信裡說：

寫好了的「布榖」不知讓誰給偷走了。現在已預備再來寫。（見全集下冊，頁487）

又民國四十一年一月二十二日給路泥的信裡說：

「布榖」又動手再寫了，不過已經改弦更張，完全不是從前那副面目，

並且改名為「詩布穀」。我在忙著催生，好讓你早一點看見它。（見全集下冊，頁488～489）

㈢楊喚的詩論

詩是他痛苦的呻吟，詩是他生命的扶手，也是他愛和戰鬥的歌聲。當他做了詩的浪子時，常有不安的游離，於是憂鬱和寂寞更形同洪氾。我們可以從下列詩文看出他對詩的見解。「詩」第一段：

詩，是不凋的花朵，
但，必須植根於生活的土壤裡；
詩，是一隻能言鳥，
要能唱出永遠活在人們心裡的聲音。（見全集上冊，頁129）

又「詩人」第一段：

最重要的，不僅是

去學習怎樣「發音」與「和聲」，
今天，詩人的第一課
是要做一個愛者和戰士，
然後，才能是詩的童貞的母親。
摔掉那低聲獨語的豎琴吧！
向著呼喚你的暴風雨，
把腳步跨出窄門。（見全集上冊，頁131）

又「詩簡」第一段：

很久了，我沒有寫詩，
這不是因為被寂寞塵封了絃琴，
也不是被憂鬱麻痺了知覺，
而是像熱戀著一個美麗多情的少女，
我正幸福地熱戀著
這風景畫一樣美麗的，

美麗的童話一樣美麗的島。（見全集上冊，頁133）

又「我是忙碌的」第一段：

直到有一天我死去，
像尾魚睡眠於微笑的池沼，
我才會熄燈休息，
我，才有個美好的完成，
如一冊詩集：
而那覆蓋著我的大地，
就是那詩集的封皮。（見全集上冊，頁158）

而在給傅璞的信裡，更明白的說明他的「詩的歷程」：

對於詩，坦白地說：我是從來也沒有真正的理解過。雖然經過幾年的摸索，但只能說是冒瀆了繆斯，睜著眼睛頻發夢囈。今後我將不敢再提筆了，將永遠不提筆以贖前罪。請相信我，這絕不是說著好玩的。

我也希望你不要再寫詩，這是我曾經和守誠說過多少次的。請你不要誤會，千萬的；這並不是（絕不）說你不配寫詩，而是「詩」足以害了你。何故？曰：當詩的賦有「魔性」的花朵在筆尖下綻開了的時候，你將必須「輸血」來灌溉它，以「肉」來培植它，結果，你的靈魂將迷失於空想之美的境界裡。而你的軀體呢？則被無情的交給現實的鞭笞和荊棘，這痛苦是難於想像的。

就是你所提到的想把古詩做一番「分門別類」的工作也停止了吧！因為那只是「趣味」（真正的鑑賞態度和接受遺產，不應該像那樣的），是不值得花功夫去整理的。做為消閒的遊戲則可，若真是費盡苦心，那是不智的。你應該去理解人生、接觸人性，從而把握它、刻畫它，面對一個最莊嚴、最偉大的一個大課題（我很耽心，耽心你會誤以為我是用一種「教訓」的態度，向你發揮大道理）。我們現在所亟需學得的應該是有細密的觀察力和思考力，由縱至橫，從內至外的去體驗和發掘人生，磨亮眼，磨亮筆。（見全集下冊，頁453～455）

詩必須根植於生活，他曾於民國三十九年四月七日於信裡告訴康稔說：

讀詩很好，我可惜沒有這樣的機會了。泰戈爾的「飛鳥集」裡，都是簡短的句子，是歌頌自然的華麗的，歌頌生命的，更多是哲理。

我讀的詩也很少，在可能範圍內，你自己去選擇一些吧。……向我要詩看，你讀一讀海吧，那就是一首詩，我寫出來的連海上的一個浪花都不如。（見全集下冊，頁289～290）

又四十一年八月二十一日給康稔的信裡說：

李莎也好，紀弦、墨人也好，不論他們的東西如何，總之，對詩，你無緣，所以那高貴美好的繆斯，永遠不會環侍在你的身邊！（見全集下冊，頁414）

他遇到寫詩的年輕朋友，會給與建議和鼓勵，他在民國四十二年一月六日給葉纓的信裡說：

你很可以寫詩，我在期望著你能寫下去。而不論何時何地，女詩人總是不多，而你的詩不難成熟。只要你勤於創作，自會結出通紅的花果。就像你要讀我的詩一樣，我也請你把你的詩拿給我。好嗎？能不能答應我？（見全集下冊，頁463）

又同年元月十四日再給葉纓的信裡說：

再說一遍：我希望你不要氣餒。你應該寫下去，你的詩表現的技巧雖稍嫌欠佳，但它的意境卻很美好。要知道，只有辭藻堆砌得瑰麗無比的形式，而無豐富充實的內容，動人的感情，自然的律動，那還是放下筆的好。

沒有徵得你的同意，這首經我改寫的「期待」，用你的名字發表了。你會生我的氣嗎？但願你說：不。（見全集下冊，頁465）

他更驚眼於林泠寫詩天才，因此他也常常警惕自己，甚而有些苦惱著。他在民國四十二年七月二十九日給李莎的信裡說：

無夢樓詩輯是那麼經不起一讀再讀，當我好好地看過它們幾遍之後，我乃悲哀的認識了貧乏的自己。正相反的，林泠的詩卻是如此的美好。我羞慚於做了她的詩的鄰居。我寫給她這張信卡請你在前面填上信址轉給她罷。我說真應該向她獻花，這是一點也不算過的，實在她真當得起。（見全集下冊，頁505）

(四)楊喚的詩

自斯泰斗先生在民國四十九年「幼獅文藝」二、三月合刊本（即第十二卷二、三期）上發表了「天才詩人的解剖」後，有關楊喚作品的價值，再度引起爭議。紀弦在民國五十三年七月「楊喚詩集」序裡乃憤憤的說：

雖然曾經有人用卑鄙的文字傷害過你，但那又何足影響於廣大的讀者對你的敬愛，以及你在詩神的殿堂裡所得到的榮寵呢？（見光啟版「楊喚詩集」，頁5）

不可否認，楊喚是深受綠原影響。其後，瘂弦在「創世紀」三十二期（六十二年三月一日）發表「濺了血的『童話』——綠原作品初探」一文，文中並及楊喚，其說頗爲中肯，試引錄如下：

不可否認的，楊喚是受了綠原極為強烈的影響，不管在精神背景上，在字句上，楊喚的火種均來自綠原，這是很明顯的。不過我覺得在某些地方，楊喚幾乎是青出於藍而勝於藍，他自有其超越的獨特發展，像「詩的噴泉」這一輯詩，其藝術成就便在綠原之上。我曾把這個看法說與楊喚生前的摯友葉泥先生，他也贊同我的觀點。但是不容諱言的，楊喚的某些句型太像綠原，像到接近摹倣和抄襲的剃刀邊緣！十多年前斯泰斗先生在「幼獅文藝」上寫過一篇「天才詩人的解剖」，讀者可以看出二者在句法上的異同。另一方面，我們必須要認識的一點，就是楊喚在寫「風景」時，不過是十九、二十歲的少年，在那樣年齡的作者往往是感染力最敏銳、摹倣性最強、而排斥外來影響能力最弱的，如果楊喚不英年早逝，我們可不可以試著想像一下，三十五歲或四十五歲的楊喚作品中會不會還有綠原的影子？在二十幾歲時，筆者和跟我年齡相若的詩友們也都曾受到三、四十年代前輩詩人的影響。我早期作品中便有綠原風格的感染，當時是無意識的，今我重讀綠原後才為綠原的一

> 些表現手法，竟在我的早期作品中出現而吃驚。（見洪範版「中國新詩研究」，頁15～16）

毫無疑問，楊喚是三十年代至五十年代初期的傑出詩人。他的新詩或可分抒情詩與勵志詩兩類。抒情詩大部分是童年和故鄉的回憶，如「鄉愁」、「小時候」、「高粱啊！」等。至於勵志詩，或稱之爲戰鬥詩、朗誦詩。如「詩」、「詩人」、「我是忙碌的」、「路」等。這些詩，是楊喚勵志、戰鬥精神的具體表現。他詩裡的戰鬥氣息，是從現實生活磨練出來的，給予讀者的是一種自然的呼吸，爲讀者的共同需要，並非無生命的標語口號。

綜觀其新詩作品，要以「詩的噴泉」十首的藝術價值最高，覃子豪在「論楊喚的詩」一文裡認爲：

> 楊喚的才華在「詩的噴泉」裡，尤其顯著，在這一輯詩裡，他不僅表現了他不屈的意志，雄渾的氣魄，超人的思想，而且在每一行詩裡都閃爍著智慧。在「詩的噴泉」裡，幾乎每一首詩，都用了一個典故，從詩的樸素美來說，這些典故，無形的成了詩的裝飾；然而，若從詩人思想的出發點來看，

這正是他的特色。這些典故，都有一個不平凡的故事，楊喚引用這些典故，是為顯示這些故事中存在的真理。這些典故，不僅未減少詩的自然性，卻推進了詩人真實的情愛。（見全集下冊，頁513）

覃子豪並綜論楊喚新詩的特點如下：

楊喚的詩可分兩類：一為抒情詩，一為童話詩。自然，抒情詩是他最出色的作品，讀他的抒情詩，我感覺有幾個特點：即是思想的暗示，充實的生活內容，戰鬥精神的表現，優美的風格。（見「論楊喚的詩」，全集下冊，頁510）

又司徒衛於「楊喚的風景」一文裡亦云：

「風景」裡的作品，我們不一定能確定各篇寫作年月的先後，然而，楊喚先生的靈魂與肉體在人生之途上走過來的足跡，卻依稀可尋。他是悒鬱的，遭遇（有人稱之為命運）與時代使他哀愁而痛苦。雖然有個缺乏溫暖的童年，在貧瘠的故鄉度過；來到酒綠燈紅的都市後，依然有他無限的依戀與鄉愁。這毋寧說他多記掛安寧、純潔以及農村中久遠相傳的樸實與忠厚。……「詩的噴泉」十首，是「風景」裡最傑出的抒情詩，有圓熟的技巧，有深沈的情感，有精密的思想。然而，這是可悲的，作者的生命喪失了，死神奪走了更多更好的詩篇，一些未完成的映射出智慧光輝的佳作。（見六十八年七月成文版「五十年代文學論評」，頁33～37）

總之，楊喚新詩之所以可貴，在於他保持了孩子的純眞、鄉國的熱愛、眞摯的良善，這也就是所謂的童話境界。是以他能保握了眞正的詩的本質，寫出屬於自己的優美的風格。

二、散文、書簡

楊喚的散文書簡，歸人在「楊喚全集」裡分成散文、日記、書簡三部分。

㈠散文

歸人說「雖然，交深如我者，並未看到他有一篇散文發表。」（見全集上冊，頁11）而葉泥在「楊喚的生平」一文中裡也說：

他曾寫過一篇他認為較為滿意的散文，那是因為抑制不住自己的濃重的鄉愁而寫的。過後他寄給了一家報紙的副刊，然而始終沒有刊出。日後才知道那家報紙的副刊編輯是只認「名」而不看內容的。此後再也沒有見到他寫過一篇散文。他還有一篇童話「山羊咩偵探」，自己並配了插圖，可是也未完成。（見全集下冊，頁524）

可知楊喚傳世的散文不多，今全集散文包括照片四則，與殘稿「田園小唱」、「羊」二章。照片題辭四則，可說是較爲完整的短章散文，歸人有「附註」云：

①這四則題辭是在楊喚去世之後，在他的遺物中發現的。當時，就交由紀弦兄刊布於當時的「民友報」上。雖然是他隨手寫來的簡短文字，但細細

讀來，可以嗅出他的淒涼的鄉愁和無盡的懷念。

②我正苦以楊喚未曾留下一篇「完全散文」形式的文稿，沒想到在全書行將付印之前，由葉泥兄將楊喚的另一批遺物，主要是讀書札記、兩本私人函件及題照片等剪稿交我。文字雖短，而他的清新出色的技巧，卻是別具一格，讓人為之泫然的。

③據李莎兄說，楊喚曾有幾篇懷人的散文，發表在當時的「公論報」或「自立晚報」上，一時還無法尋到。（見全集上冊，頁228～229）

㈡日記

楊喚的日記只有四篇。其中三篇沒有年、月，只有日期，即十九、二十一、二十三等三篇；另一篇連日期也沒有，可能是尚未寫成。歸人推測這些日記是寫於民國四十一年初。（見全集上冊，頁268）

他的日記不是用本子寫，使用的是十六開白報紙的單頁，橫寫的形式，日期綴於文末，字體如五號宋體。

其實，楊喚並不熱衷寫日記，他在民國四十年三月十三日給康稔的信裡曾說：

又要開始寫日記了。這是在看了人家「寫日記熱」以後，自己也跟著人家熱起來。你呢？我覺得這些日子，過去和未來的，都應當在筆尖上畫出它的影子，因為你該永遠記得他們，雖然沒有快樂，卻充滿了痛苦。（見全集下冊，頁336）

又在民國四十一年農曆元旦的信裡說：

本來從去年起有想寫日記，可是到今天還沒有記下一個字。姑且把我給你寫的信算做是我的日記吧！讓你讀一讀我的生活，可憐的生活，貧乏的毫無內容的生活，（見全集下冊，頁386）

由此可知，他的書信即是他實際生活的記錄。因此歸人頗重視這四篇日記，他對日記有如下的「附註」：

我要指出的是，即使只是短短的三天半的日記，對於瞭解楊喚，卻是頗有價值的第一手資料。比之「書簡」的地位，有過而不及。

第一，我們得以知道，他的生活相當的寂寞。不過，這並不表示，他生活的貧乏。正相反，他時時刻刻在考驗自己，錘鍊自己。

第二，他有極敏銳的感受力。經由極經濟的手法，而刻畫出生動具體的風貌。像下面的句子：

「接著讀『愛底尋求』，沒有像昨日中午，到後來竟沉沉入睡。和他們一邊玩呀、鬧呀的讀完了第四章。」

這簡短的句子中，讓我們體味出他的「孩子氣」之另一面。而在文字上，我們更可進一步的欣賞到他靈巧的風格。

很顯然，他具有極高的同情心。這位當時二十二歲年紀的他，「晚，被賴給導引著，走過好多幽暗骯髒的窄巷和窄巷裡那些被損害的在受難的靈魂。」文中的賴，我記得是一位小個子的同事。在大臺北，當時的萬華一帶是單身漢們遊逛之所。可是，作為詩人的楊喚，則以簡單的一句話，表示了他的哀憫。楊喚的體察，是完全異乎常人的。對人生，他愛追求，而又痛苦於它的有欠完美。

我誠懇的希望，這三天多的「日記」，使讀者對楊喚的人格，有更深刻的觀照。(見全集上冊，頁269～270)

㈢書簡

至於楊喚的書簡，正如歸人所說「每一封信都稱得上是『字字珠璣，文情並茂』的散文佳構。」（見全集前言，頁11）

他寫信，頗爲誠懇眞摯，不隨便作書。在民國四十一年十二月十六日給康稔的信裡曾說：

我久久不能得暇坐下來，更遑論寫信？你知道，我沒有只用幾個字「打發」一個朋友的習慣。不寫，就是不寫，要嘛，咱就把滿腔積愫一洩而盡，一如和你抵掌夜談。（見全集下冊，頁433）

可知書簡即是他的生活紀錄，也就是他的自傳。

楊喚去世之時，歸人即著手收集他生前的所有書札，打算印行一本「楊喚書簡」。後因「風景」銷售情況不佳，歸人生活動盪，書簡的整理便緩慢下來。直至民國五十五年九月，「楊喚書簡」始於「新文藝月刊」上與讀者見面。歸人先檢出比較生動的幾篇，先行發表，並加上較爲詳細的附註。第一篇公之於世的是

「過年」（見全集下冊，頁381～386），發表之初便引起了普遍的嘆賞。當時「幼獅文藝」曾擬全部轉載一次，然後將紙版送歸人印行，但因歸人數次遷居而作罷。

直到民國五十七年秋天，有人擬刊印「楊喚書簡」，與歸人洽談不果，竟將「附註」去掉，另加光啓版的「楊喚詩集」合而成「楊喚詩簡集」。於是，歸人在民國五十八年將稿子交由霧峰出版社印行，作爲對盜印者的實際打擊。民國六十一年霧峰出版社以人手關係完全停頓，歸人於民國六十三年底第二次修訂，並於民國六十四年四月交由光啓出版社印行。

而今，全集中的書簡收存致康稔、傳璞、葉纓、路泥、自甦、李莎等六人的書信。其中致李莎的一封，最爲難得，他寫好了未發，連收信者都未見過。至於書簡的編排，均按寫作年月先後排列。

楊喚書簡的散文價值，早在去世時，歸人就加以肯定。歸人在「憶詩人楊喚」一文裡說：

> 寫詩的朋友都知道楊喚是位天才的詩人，其實，他是無論那一方面都有才氣的作家。他的散文（雖然發表的不多）更有一種獨到的風格；便是從近數十年的新舊作家群中，也找不出如他所寫的那種特異的風格。他的文章悲

愴而不流於頹廢，幽暗而不流於陰黯，憤怒而不流於叫鬧。雖是平凡的字句，但一經他的變化，便會成為卓絕動人的詞藻。關於這一點，目今我正收集他生前的所有書札，打算印行一本「楊喚書簡」，公諸於世，以紀念故友的夭亡。（見光啟版「楊喚詩集」，頁152）

而後，在全集的「前記」裡更肯定了史傳的價值，他說：

其實，他的書簡的價值，並不僅在於獨特的散文藝術而已。重要的是，這些書札，也可以說是他的自傳的一部分。包括了他論文學、談友誼、說愛情、評時代、言人生，層面甚為廣泛。有許多件書札，和他的詩的創作背景，有極密切的關連。研究他的詩，這批書簡乃是一項非常重要的第一手參考資料。（見全集上冊，頁14）

三、童話

童話精神是楊喚的特質，他時常督促好友葉泥翻譯童話（見葉泥「楊喚的生平」，全集下冊，頁523）。在給康稔的信中，更時常有寫童話的慾望。試引錄如下：

之一（三十九年二月一日）：

又想寫點東西，已經寫了一章兒童詩，若是一高興，幾個童話也該出籠了。告訴你，這不只是打算，我已經在動手寫了呀！我想用它來騙我的寂寞。（見全集下冊，頁275）

之二（三十九年四月二十二日）：

我愛童話，我永遠愛它。（見全集下冊，頁292）

之三（三十九年六月二十四日）：

很久很久沒有寫東西了，我的筆怕都鏽壞了吧。童話最難寫，兒童詩更難寫，但現在我願意學習，因為這樣，我便可以找到失去的快樂了，能和可愛的孩子們一道哭，一道笑了。（見全集下冊，頁297）

之四（三十九年六月二十四日）：

我打算多在這方面下功夫。童話我還沒有嘗試過，等等看，過幾天情緒好一定要寫幾篇給你看。（見全集下冊，頁298）

之五（三十九年七月五日）：

想寫童話。（見全集下冊，頁302）

之六（三十九年七月二十四日）：

你說錯了，寫童話，需要一支美麗纖巧細膩的筆。孩子是株芽，我願意做一名平凡又平凡的小園丁。（見全集下冊，頁305）

之七（三十九年十一月二十日）：

還講什麼童話，我是很久沒摸過筆了。……
童話我還是想寫的，因為我要為自己完成這提出了很久的意圖。（見全集下册，頁315）

以上的信都是寫給康稔的，時間是從民國三十九年二月一日至三十九年十一月二十日。

目前，全集收三篇殘稿的童話，寫作時間是民國三十九年歲末至四十年之間。

殘稿之一「月宮裡底憂鬱」，有五千餘字。原稿是用他自己設計的一種直行，但沒有横格的稿子，字體沒有四號正楷鉛字大。旨在描寫不幸的婚姻，難尋的愛情。此外，則將包括人世間種種的桎梏，錯誤的安排。就殘稿而言，這篇殘稿也是他對淒苦童年的補償，猶如他的抒情詩，兒童不宜。

殘稿之二「牧羊女和提燈的人」，約千餘字左右，本文背景，放在寒冷的北方，主角是一位牧羊的醜女孩。另外，有位常罵她的女主人，及一臉大鬍子的男主人。文章開始，使用做夢的手法，來描述這位可憐女孩的渴望，然後，使她醒來，讓讀者目睹現實的不幸與殘酷。而所謂「提燈的人」則尚未出場。此篇猶如前篇，亦是童年的補償，顯然是有安徒生「賣火柴的小姑娘」的影子。

殘稿之三「山羊咩偵探」，還不足千字，是童話式的偵探故事。三篇殘稿童話，雖然我們不一定相信歸人的推想：認為它小者萬字以上，長者當是一本長篇童話，是認為「卻可在隱約間看出其萬千風華，及一篇傑作的側影。」（見全集上册前言，頁4）。但至少能讓世人認識他多種層面的才思，以及曾經有過的嘗試，以下我們再引錄兩段歸人的「附註」做為本節的結束：

最值得注意的是，三篇童話殘稿，有著迥異的風格。「月」稿的節拍，輕快而活潑；「牧」稿則是柔緩而悽惻，而另一殘稿「山羊咩偵探」，則富於輕鬆幽默和誇張的喜感，令人發噱，但卻會產生共鳴。以季節來喻，「月」作是美好的春天，「牧」文乃葉黃的秋日。「山」稿是熱鬧的夏季。（見全集上册，頁256）

非常意外，在「全集」行將付印之前，居然又找到一篇童話，而且也是殘稿，只寫了一千字，題目是「山羊咩偵探」。別說小朋友，連我這個「老朋友」，也為之心動，立刻燃起了「急欲一讀」的好奇心情。

和他的另兩篇殘稿：「月宮底的憂鬱」及「牧羊女和提燈的人」相比；

「山」篇的風格，任何人看了定會覺察出彼此的不同。「月」篇充滿了淒涼的叛逆氣氛，「牧」篇則沉鬱而宛轉。但這個「山」稿呢？我們認為既富於活潑明快的調子，尤其具有創新、輕鬆的氣氛。（見全集上冊，頁259）

四、小說、文學評論

楊喚的遺稿中，至目前爲止，並未見小說、文學評論之類的作品，只是在他的殘稿之外，「更發現幾張稿紙上僅寫了題目和筆名，或單有題目，連筆名也付闕如的，且沒寫一個字。」（見全集上冊前記，頁4）

以下試著從他給康稔的信中，引錄出有關對小說、文學評論之類的片斷如下：

之一（四十年一月三十一日）：

最近還打算寫一個短篇小說。（見全集下冊，頁333）

之二（四十年十一月六日）：

還有，我希望你能在小說方面也多努力點，「灰色的道路」只算是開端。我現在心情極糟，可是我覺得自己需要充實，學習，還是找時間看書。雖然我沒有動筆寫東西，可是文藝鑑賞本身自有它的價值的。

不知道怎的，也許是我懶壞了，想好好寫一點東西，可是一個字也寫不成。現在我在計劃（唉！又是計劃！）寫一篇小說！也許是中篇的（唉！又是也許）。但願我能完成它，完成它！題名暫定為「燃燒著的北方」。（見全集下冊，頁353～354）

之三（四十年十二月二十二日）：

由於過去讀書太馬虎，往往犯了「不求甚解」的大毛病，現在我要好好的來一下文藝的鑑賞。在今天才覺到，做為一個讀者，不能像一支盛水桶般坐在那裡等著把水倒進來；相反地，你應該主動，在半路上去迎接你的作家。讀「情感教育」我受益不淺，以此，我發覺了過去的錯誤，我今後要開始有一套讀書的方法和鑑賞的能力。（見全集下冊，頁368）

第肆章

楊喚的寂寞與愛

楊喚去世以後，在他的遺物中，發現四則照片的題辭，雖是隨手寫來的簡短文字，但細細讀來，可是嗅出他的淒涼與懷戀。

這四幀照片是：童年小照、二伯小照、劉姸小照與劉騷小照。正印證了人本主義心理學的一句話：回顧童年，即是對所謂淒苦童年的憑弔和補償。也正是那種渴望愛卻又缺乏愛的投射，二伯、劉姸、劉騷正代表著他對三種不同愛的追求。

愛是什麼？一直是宗教家、哲學家、文學家、教育家，乃至心理學家、社會學家爭論不休的問題。

愛本身就是一種「存在」，它是生活的內涵，也是認知的對象，它根基於生物機體最原始的本能——群居與和諧。只有愛才能締造和諧，才能在「個別」的痛苦和歡樂上，爲全體人類建樹了些什麼？

愛的來源，除了因血緣的關係以外，最主要的是來自愛情、友誼、學習或工作。

就馬斯洛的人類動機階層論而言，愛是人類爲求健全發展，所必須滿足的一項基本需求。幾乎所有心理治療家皆同意，當我們追溯心理症的病因時，將會發現絕大多數是肇始於幼年缺乏愛的滋潤。許多實驗研究更證實，嬰孩在愛的需求如受到嚴重的剝奪，甚至會危害到他的生命。總之，愛的剝奪會產生疾病，愛和歸屬需求受挫折，可能會產生嚴重的慢性人格困擾，試列需求層次與人格功能關係性如下：

需求層次	匱乏狀況	實現狀況	例子
生理	饑餓、口渴 性挫折 緊張、疲倦 疾病 無安居之處	放鬆 解除緊張 感官享受經驗 身體上的幸福感 舒適	飽餐一頓的滿足感
安全	不安全 失落感 恐懼 強迫觀念 強迫行爲	安全 精神上的平衡 泰然自若 安靜的心	固定工作的安全感
愛	羞怯（自我意識） 沒有人要的感覺 無價值感 空虛 孤獨 寂寞 不統整感	自由流露情感 統整感 溫馨感 一起成長感 注入新的生命與力量感	沈浸在被完全接納的愛之關係中

自尊	無法勝任感 消極悲觀 自卑感	信心 精幹 自尊自重 自我擴展	因表現優異而獲獎
自我實現	疏離 形而上疾病 生命缺乏意義感 枯燥無味 千篇一律的生活 狹隘的生活範圍	高峰經驗 存在價值 實現潛能 獻身於愉快且有價值的工作 創造性的生活 對事物充滿好奇心	大徹大悟的體驗

（引自七十一年十一月允晨版「人本心理學之父——馬斯洛」，頁85～86）

愛是人類的基本需求，缺乏愛，則容易與害羞、寂寞爲伍。其間是不可分離的三角關係，這三者之間不僅關係密切，還經常是互爲因果的。吳靜吉先生在「害羞、寂寞、愛」一書裡曾描述其關係如下：

有愛，就有人支持你，就有人照顧你，就有人關懷你，就有人激勵你，就有人傾聽你。

有愛就有人接受你的支持，就有人接受你的照顧，就有人接受你的關懷，就有人接受你的激勵，就有人接受你的表達。

有愛，你們之間可以互相支持，互相照顧，互相關懷，互相表達，互相溝通，互相交流，互相激勵，互相學習，互相合作，互相共事。

有愛，可以以愛會友，可以一起照顧別人，可以集思廣義，可以一起關懷社會，可以一起老吾老以及人之老，幼吾幼以及人之幼，可以一起創業，可以一起完成工作的目標，可以一起研究探索，可以一起保護生態，可以一起接觸自然，可以一起推動民主、治國、平天下的理想。（遠流版，頁19）

申言之，害羞基本是需要愛，卻又緊張的面對可能與自己建立愛的關係的人。而情緒上的寂寞，基本上也是因爲需要愛而得不到愛。人需要成長，成長如逆水行舟，不進則退，愛是成長的動力，害羞減少愛的機會，害羞增加寂寞的機會，少了一份愛，增加幾許寂寞。總之，愛是克服害羞、寂寞，以及尋求同類合作的一種基本方式，它經由不同的對象，而表現不同的類別，這些對象包括父母、子女、異性、朋友等。西方特別強調對上帝的愛，中國人對故鄉本土，有濃厚的鄉情；同時在所有的愛中，最受讚美和鼓勵的是友愛。

楊喚在民國四十一年五月二十八日寫給康稔的信裡說：

我記得曾不祇一次的和你說過，我說：友誼、愛情與詩是我生命的三個扶手。（見全集下冊，頁403）

所謂友誼、愛情正是他對愛的渴求，而詩則是他的寄情，因渴望愛卻又缺乏愛，是以害羞、寂寞跟隨而來，以下試從「寂寞」與「愛」來透視楊喚的心路歷程。

一、「寂寞、愛」的淵源

蒼白的童年生活，是決定楊喚一生最重要的關鍵。瞭解楊喚和他的詩，這是看似不重要，其實卻是最重要的一環。

楊喚童年的不幸，主要是生母的早亡，父親又是個缺乏責任感的酒徒，家境的不濟，以及繼母的虐待，使他的孩童時代，塡滿了劫難。佛洛姆認爲，在嬰兒誕生之際，如果不是慈悲的命運使他免於任何知識，使他免於用脫離母親、脫離胎盤所產生的焦慮，他必將感到死亡的恐懼。母親就是溫暖，就是食物，就是滿足與安全的安樂狀態。母親的愛是至福、是安祥，是無需去贏取、無需去獲得。母親存在的時候，就是至福；如果不存在，就如一切美善都從生命中撤出。

母親的愛是無條件的，這種無條件的愛是人類最深切的渴望之一。母親是我們由之而來的原鄉，她是大自然、是土壤、是流洋；父親則不代表這種自然的家鄉，他卻代表人類生存的另一個極端，他代表著思想世界，代表人造事物，代表法律與秩序，代表格律、旅行與冒險，父親是教育兒童的人，他把走入世界的道路向兒童顯示出來。

從以母親為中心的依戀，到以父親為中心的依戀，最後再到兩者的綜合，這一個發展就包含了心智健康的基礎，以及人格成熟的完成。（以上見「父親與孩子間的愛」，志文版「愛的藝術」，頁51～58）就楊喚而言，取代父母親情之愛的卻是年邁龍鍾的祖父母，祖父患著遺傳性的癱瘓病，長年躺在坑上，家務只靠祖母一人來扶持。

比失去親情之愛更不幸的是民國二十年，日本人在瀋陽發動九一八事變，而後長期的侵略戰爭。當時，楊喚才三歲，從小便飽嘗異族統治下的痛苦和辛酸。

這種種的不幸，童年小照的題辭有最好的陳述：

都說童年期是美好的，就是在回憶裡也有享不盡的甜蜜，但，我呀，我不知道那「過去」都是怎麼過去的；而現在呀，我又不知道我是在哪裡。從小就是個可憐的小東西。那在北風裡唱著「小白菜呀，遍地黃」的，那挨打受罵，以痛苦做糧食，被眼淚給餵養大的小東西。

可是，比這些更不幸的，那該是我們這群小羊們被狼給關在柵欄裡；培養我們這些小花枝、小蓓蕾的，不是那甘美的噴水，竟是那罌粟的毒液。

童年期，那樣的童年期，一如一個悠長的冰冷的世紀。（見全集上冊，頁225）

艱苦的童年，流浪的歲月，再加上後來忙迫的工作，糾纏的病痛，以及貧苦的生活，使得他的書簡中充滿著寂寞。而所謂的詩創作，亦大多是對淒苦童年的憑弔和補償，與對故鄉的懷念。

雖然楊喚可能不願意重述童年，尤其是害羞、寂寞、渴望愛卻又缺乏愛的那一部分。然而這又是自己曾經有過的經驗，也只有那裡才能找回一點孩子的快樂，這也就是人本主義心理學家所說的回顧童年。因此，楊喚終身對童年懷念特別多，試引錄書簡裡有關「童年」的記載如下：

我懷念我的失去的冬天，失去的一切。（見全集下册，頁276）

童年的王國在記憶裡永遠是有著絢麗燦爛美麗的顏色的。（見全集下册，頁282）

今年一如去年，我依然背負著青春的憔悴和憂鬱，在這常春的島上歇落。我摩撫唇下的黑髭，我這曾經被虐待被折磨過的小白菜，不禁對著窗外的晴天微笑了。我笑我那萎謝的童年，我笑我那童年裡的苦難，雖然笑得很凄然。

康稔！我向海的那邊呼喚。（見全集下册，頁332）

憂鬱和寂寞，從童年糾纏我直到現在，是以我的日子裡，很少有著絢麗璀燦的顏色，不是深灰，就是蒼白。我要的是薔薇和玫瑰，但毒刺的荊棘又偏偏向我投擲過來。這太多苦難的生命的旅程啊！雨雨風風，已經夠我承受的了，誰知今日又讓失落了帳篷和風燈。一隻寒愴的笛子，一個幽魂般的影子……（見全集下册，頁334）

又要過年了，走過了一道門，又有一道在你的面前，那門裡誰知道隱藏多少煩人的痛苦、寂寞、憂鬱和嘆息？

拔下一根銀白的頭髮，我從頭咀嚼辛酸的歲月，那些過去的日子呵！（見全集下册，頁374）

是的，新的新年是過去了，可是舊的新年卻又將到來。

「YH，YH，你跛行到了那裡？」在午夜夢回，窗外正哭泣著淒涼的夜雨。我聽見了一九五二年的嚴肅的聲音，在向我呼喚。小時候，在哭聲裡長大，使我所有的年輕的日子盡是蒼白和憂鬱。從落後的農村被放逐出來，我又跌落在都市的霓虹的燈彩裡。如今呢？如今我打開記憶的窗扇，才知道那一串串的日子，竟都怎樣的無所謂的晴，無所謂的雨……（見全集下册，頁375）

今天是艾葉青青的蒲節了。兒時的記憶雖然使我嚮往，終於也遠了，就像那失去了光彩的條條絲縷。「海呀！我想化為一隻水鳥，永遠飛向你！」海的脈搏，海的呼吸，在今天，在我被扭曲了的時候，便不禁懷戀起那勃壯的力。康稔，到海邊去吧！到海邊去讀我這封信，到海邊去呼喚我，也呼喚你自己：「喂，喂，你們走在那裡？」（見全集下冊，頁403）

那天你和我談起瞿牧。我也提起他的那篇「金箱」。到今天，金箱的影子還烙印在我的心上。你不知道，小時候，我也是和金箱一樣地可憐的孩子呀！在三歲就沒了娘。在童年時的每一個受了委屈或挨了打罵的黃昏，迎著北風，哭著唱：小白菜呀，遍地黃……（見全集下冊，頁483）

童年是愛與血緣不可割捨的一部分，而故鄉則是落實的根源，雖已渺茫不可及，卻是生於斯的原鄉，誰能不戀故鄉，楊喚有嚴重的鄉愁。以下試引錄書簡裡的懷鄉情懷：

高粱、火紅的高粱，是我們莊稼人的希望的花。

高粱，□□著滿田珍珠的高粱，是我們那黃金的母親的土地、哺育我們的食糧。

八月，是秋天，高粱（見全集上冊，頁231）

家鄉今夜該是夜涼如水？這裡又是雨夜，愁人的，抑鬱的。（見全集下冊，頁292）

海，我懷念的海，是它告訴我許許多多的幻想。家鄉是濱海的小城，貝殼是我童年王國裡的金子。沙灘是我舒適的床。銀鷗和白帆是我飛過萬重山，航過千道水的美麗的希望。

你看過暴風雨裡的海嗎？那震撼了你，要撕裂了你的狂嘯，天昏地暗，雷聲閃電和海的怒吼裡，任憑你是鐵鑄的巨人，也在顫慄了。（見全集下冊，頁295）

我想家鄉，
家鄉正是飛絮的季節，
我愛家鄉的一切，因為家鄉的一切都是美的，你呢？（見全集下冊，頁303）

今夜的月亮好，靜靜的夜也太美，禁不住我又想起家，拉著一個朋友絜絜地為他，其實是為我自己，描述一番家鄉那一頂小紅轎的嫁女和一具薄棺的送葬，和那北中國的四季。從記憶裡我盡力撿取那些真實樸素的故事，想用溫馨的舊夢來沖淡我那濃得化不開的鄉愁。但這是莫大的失策，因為越來越惹起我的迷戀，以致完全打破我原來的意念，那愚蠢的企圖。（見全集下册，頁317）

過了子夜，已經三點鐘，這正是別人睡意正濃的時候。窗外夜色溶溶，夜涼如水，我從家又想到家鄉的朋友，又想到——太多了。我把自己安排在一齣編得很美麗的夢裡。（見全集下册，頁318）

有鳥唱像一串珠玉，從青空墜下，在我心頭跌碎了。有小風從窗口伸進手來，輕輕地牽引著我的感情。在這樣明亮的日子，我想起家鄉的春雪……

我要寫詩——我的家呀！在北方。

我想寫「山村戀」一章，紀念那老女人和那女孩子的詩。（見全集下册，頁340）

窗外有失巢的夜風，像一條響尾蛇般的暴躁的抖著尾巴，我木然的面向黑暗裡的庭院，鄉愁和回憶便又拉著手走近我來。

十一月，家鄉裡正是大風雪的季候。我正想著銀色的原野，銀色的路，和紅泥火盆邊的故事……

我對那些過去的日子喟嘆，我向未來的日子唏噓，像輸得沒有分文的從賭場裡歸來的賭徒，我不知道那裡能安睡下我的夢。袒開你的胸膛罷！你不能不受無情的、殘暴的鞭撻。（見全集下册，頁370～371）

你讀一讀藍色的圖門江罷，那古老的，迷人的傳說。在北方，和豐收著的高粱和大豆一樣，這裡那裡，你永遠可以聽到那些白髮的老祖母給她孫子們講。每當我有鬱結不散的鄉愁，每當我沉緬於土地的懷念，我便翻開它。因為從那裡我可以嗅到北方的大地底醉人的土香。（見全集下册，頁482～483）

要過舊年了，和你一樣。我也有濃重的鄉愁，這幾天一無聊就和別人談起故鄉的風物。由於過切的懷念，我技巧地把那些我最喜愛地都加以渲染和誇大，以求得心靈上的一點可憐的陶醉和滿足。唉！憂鬱的懷鄉病患者。（見

全集下冊，頁486）

唉！真是闊別許久了，北方那秋天的草原，和兒時的溫馨而幸福的日子。告訴你們，我現是有著難以言說的快樂和幸福之感。因為不久我又將有一次能奔向田野，看我百看不厭的田畝、樹、和山。且不要說我怎會如此激動。唉！要知道，這有如浪子回家。雖說綠島不是北國，那田野、山巒不論是在那裡，對我總是熟稔而相識的。（見全集下冊，頁497）

二、愛的尋求

在現實的生活裡，楊喚充滿著痛苦、寂寞與無奈。這種自剖都顯露在他的書簡裡，我們知道書簡等於是他的實際生活的記錄，試引錄幾則書簡如下之一：

我記不得給你寫過多少封信了。但我卻知道，在寫給你的那些信裡，我很少述說過我的快樂。假如你是很敏感的傢伙，一定會觸到，或者嗅到那濃重的憂鬱和痛苦的氣氛。在這裡我不打算計算那些過去的日子裡到底有多少悲歡，但我在今天才發覺到我是以怎樣的粗心，和怎樣的忍耐去分別打發過去那些日子。（見全集下冊，頁344）

之二：

現在，我怕，我怕寂寞真的會吞噬了我，但我對著它又是束手無策。它像是一個貪婪的傢伙，想喝盡了我的血。不論你走到那裡，坐在那裡，一種空虛、寂寞之感便在你的心頭昇起，像一隻殘酷的大手，在向我亂抓。我更怕別人忘我的歡喜，和爽朗的大笑，因為那一片生命的騷動，會緊逼著我，逼著我面臨一座絕峭的懸崖。

真像一隻豬！有時我自己想著，想著，便黯然了。沒有一點顏色，不，是蒼白的、癱瘓的日子。我一如病在床上的人，永遠爬不起來，又餓，又渴。想看書，我想拓展一下精神的領域。但我只有這樣，將永遠是這樣的了？（見全集下冊，頁359）

之三：

康稔：我的朋友！在這深夜的燈下，我寫不完我的憂鬱和忿恨。這是我擠出來的痛苦以後的痛苦，也許你能從這張紙上讀出我的被壓制了的痛苦的痕跡——那一連串的嘆息。（見全集下冊，頁371）

之四：

說不出為什麼，今天使我這樣難過，像垂死的病人和即將召他而去的死神做最後的掙扎那樣，痛苦，麻木，戰慄，衰弱。（見全集下冊，頁410）

這種的沈痛和淒惶，皆源於需要愛。現實的生活裡缺少著父母親的形象，而友情、愛情又似乎是可遇而不可求。因此，在書簡裡傾洩的是焦慮、苦惱和沈重的負擔之傾向。那種母愛祇能寄存於詩中，在新詩裡的母愛是母親：

在北方那多難的母親的土地上（見全集上冊，頁43）

雖然被暴力劫奪了母親的土地，（見全集上冊，頁83）

鄉村裡的母親們的日子啊，（見全集上冊，頁117）

像辛勞的母親們用愛的乳汁，（見全集上冊，頁117）

然後，才能是詩的童貞的母親。（見全集上冊，頁131）

在兒童詩裡，則直接用媽媽。（見全集上冊，頁165，183，210，212，217）

又「森林」一詞雖是名詞，但重複使用，似乎亦有與母愛相關的徵象，且「森林」一詞也僅見於詩、童話作品中，試引錄如下：

最好是到綠色森林的地帶去旅行，（見全集上冊，頁80）

茁長著綠色的高粱的森林。（見全集上冊，頁88）

我們的隊伍像森林，（見全集上冊，頁109）

雨呀！密密地落著像森林，（見全集上冊，頁127）

工作，舉起我們手臂的森林，（見全集上冊，頁134）

遠處是綠色的山野和森林和（見全集上冊，頁161）

梳過了森林的頭髮，又給原野換上新裳？（見全集上冊，頁182）

他怕住在森林裡的朋友們太寂寞，（見全集上冊，頁187）

森林就是他們的大教室。（見全集上冊，頁188）

在綠色的森林裡的一間白色的小木屋裡……山羊咩先生是森林裡的有名的偵探，……森林裡流動著香甜的空氣，每一片綠色的葉子上都閃耀著明亮的

陽光，這正是吃早飯的好時候。（見全集上冊，頁257）

有時候，雨在我是座森林，又有時是珍珠串串。（見全集下冊，頁421）

總之，楊喚對愛的歸屬有強烈的需求，他在書簡裡曾有明確的表白，他說：

我離不開愛，我離不開友情。小時候給我苦怕了，我不願意做那可憐的萎黃的小白菜。我需要一口友情的愛情的井。（見全集下冊，頁376）

又：

我記得曾不祗一次的和你說過，我說：友誼、愛情與詩是我生命的三個扶手。但在今天，我無緣與那味苦、也味甜的愛情；對文學的故鄉，我做了詩的浪子，我常常做不安的游離；到現在只剩下朋友了。就是朋友吧，卻也偏偏都隔得遠遠的，縱令我能馳飛想念，在這樣的心境下，寫封信也總是痛苦的。這痛苦是來自憂鬱和寂寞的洪氾，使我在無可為力的悲哀下，淹沒了

一切，也淹沒了自己，一如落盡了葉子的樹，失去了鳥的歌唱，和太陽的照撫與風和雨的淋浴。（見全集下冊，頁403）

可見他對愛的需求，在他的生命中，有三個人占了極爲重要的地位。而這三個人，正代表著他對三種愛的對象的尋求。試分述如下：

㈠楊楓　他是楊喚的二伯父，是位醫生。抗戰期間，服務於國立中央大學。勝利後，在青島開業。照片中的楊楓先生，戴北方的紳士氈帽，寬圍巾，穿淡灰色棉袍，神思溫和而美豐儀。楊喚的許多習慣，可以說是乃伯的投影：練小楷、寫詩、喜文學、愛書及好酒量。是他，代替了嚴父的地位；是他，拓展了楊喚的視野；是他，爲楊喚樹立了知識分子的瀟脫典型。也是他，將楊喚帶到青島，實際的投身在文學的新天地中。楊喚對二伯父照片的題辭是這樣的：

小時候，他是一隻故事，他是我童稚的心靈裡的一座發光的英雄塑像。

離開家很久很久，也一直沒有回去過。

他是祖父的第二個兒子，六個孩子的父親，我的親愛的二伯。

一個典型的知識分子，雖然很喜歡文學，但他卻做了醫生。寫得一手好蠅頭小楷，藏書頗多，詩作亦甚豐，酒量很好，因之在朋友群中，他是溫和長者，好好先生。

不是他，我將難以走出落後的農村，我將難以走出那個家；不是他，我也將不會被投擲於一個冰冷而陰森的鼠穴。(見全集上冊，頁226)

㈡劉金鈴　在楊喚的感情生活中，劉金鈴則是他的不凋的偶像，並兼具母愛與情愛的情結。

劉金鈴，即是他詩文中的「劉妍」、「白鳥」與「小白鴿」。

楊喚認爲自己離不開愛，他對母愛曾有詩讚頌：

愛的乳汁

中國的鄉村的輪廓，
是用被苦難扭曲了的線條組成的；
鄉村裡的母親們的日子啊，
是汗水和眼淚和鼻涕的容器。

以泥土做搖籃的孩子們，
可曾對泥土捧出忠實的愛情？
像辛勞的母親們用愛的乳汁，
孵育我們這些不安的小鴨和頑皮的雛雞？
卑怯的人子啊，請看：
母親的背景是怎樣顫抖地在畫面上凸出；
愛的乳汁又是怎樣磨出的。（見全集上冊，頁117～118）

愛在他眼中是嚴肅的，書簡有云：

之一：

我也在懷念著愛我的和我愛的人，可是我不是用廉價的感情。（見全集下冊，頁292）

之二：

我主張愛要嚴肅，可是他是有點馬虎，所以我不願意看他痴迷的陷入情

網，而自尋煩惱。（見全集下冊，頁366）

之三：

能離開也好，不離開也好，總之，要愛也要恨，懂得愛，也懂得恨。那樣你才能認識生活，認識人。（見全集下冊，頁368）

之四：

正如你之對含芳，愛神邱比特對於我們也是不公平的。但「愛」並不被局限在兩性之間，這你是知道的。但有誰又不希冀著從戀人的瞳眸裡，汲取那可以滌盡一切穢垢污泥的靈泉!?（見全集下冊，頁396）

之五：

愛情縱然高貴於萬斛珍珠，但在生活的戰鬥裡，你寧能失去了矛和槍？

更何況對她只是濫用了我的想像。我愛她，將永遠愛她，就如同我愛每一個人一樣。（見全集下册，頁418）

在讚頌與嚴肅之間，他似乎沒有追求到眞正的親情或情愛。

劉金鈴原籍遼北省開原縣。遼北省是在抗戰以後，才由遼寧省畫分出去成省的。所以嚴格來說，他們同是遼寧省人，他們是在遼寧興城縣初農學校讀書時認識的，當時或許是驚奇於她的詩才。時間可能是民國三十五年的春天。金鈴的年齡較楊喚爲小，最多十四歲。民國三十六年的夏天，楊喚隨著二伯父辭別家鄉與小戀人南下。而金鈴這批初中學生，也在這個時候爲避共軍之攻掠，集體逃往瀋陽，劉妍最後寫給楊喚兩封信的日期是：

三十六年七月二日自開原發

三十六年七月十三日自開原發

而後東北淪陷後，音信中斷。他對劉妍的描繪是這樣的：

這個孩子，是愛我而又為我所愛的。
我是醜小鴨，而她是白鳥。
在北方，那寂寞的小城裡，我們有過一串美好的日子。孩子們是天真的，孩子們的愛也是天真的。
我將難以忘記：她的母親曾怎樣的愛我。那時候，我是怎樣的一個骯髒、傻氣、怕羞的可憐的孩子呀！
我將難以忘記，我是怎樣旅行到她的住在那邊城的家裡去做客，那就是在我要離開北方的時候。
我將難以忘記……
這張照片之所以變得如此模糊不清，是由於我一時的粗心，讓她睡在潮濕的儲藏室裡很久。（見全集上冊，頁227）

可是，痴情的他，對這段少年時代的戀情，似乎無時或忘。他把劉金鈴的信札製訂成冊，題名爲「白鳥之歌」。又時常在百無聊賴之際，以鋼筆或毛筆什麼的，在紙上塗畫一隻隻的小白鴿。除外，有詩「懷念」、「懷劉妍」（見全集上冊，頁75～78），而與康稔的書簡裡也多處提及。（見全集頁20、73、293、321、329、368）這種少年的情懷，直叫人懷疑是建立在「同病相憐」的基礎上。來台後，鬱鬱寡歡多年，民國四十一年元月曾喜歡上一個女孩，書簡有三則的記載之一：

不錯，那正是「頗為荒唐的事情」，但我也和你一樣，「無法制止住這份激動的情感」。就是在昨天晚上，我到南機場我們那老營房去看含芳。在搭公共汽車的時候，像一道閃光，有一個秀麗的面影倏地在我眼前掠過。就是那個女孩子，那個在過去半年間我們朝夕在車上相遇的女孩子。由於自卑感和禮俗的作祟，雖然過去我們相遇的時候總是彼此互相諦視，而又羞澀地低下頭來；雖然過去我們都能多少知道彼此的一點情形；但我總是恐怕自己自作多情，不曾說過一句話。可是像一座雕像，她的影子卻一直矗立我的心頭。離開那裡將近半年了，在昨天我發覺又是和她同車的時候，我再也沒有勇氣抬起頭來，好像一個犯了罪的孩子，被推在群眾的面前。我不禁臉頰緋紅，心頭狂跳。等下車的時候，我的腿又軟又重，幾乎難以舉步了。為了趕在前頭，快些走出她的視線，我艱難地移動著沉重的脚步，像一個產後的婦人，搖搖晃晃地拖著一個虛弱的身子。（見全集下冊，頁378～379）

之二：

「金像獎」還是「金像獎」，而我已非「我」了。我也祝福你能「天從人願」。但，衝動的激情，卻是罪過。因為好多悲劇，好多事故，都是從這裡演出來的呀！（見全集下冊，頁414）

之三：

以後，請不要再提起「金像獎」了。那個名字將被深深地埋在我的心之禁園中。這是一首已譜出而未譜成的戀歌。因為在走向愛神維納斯的神座前的路上，我是最後趕到的一個。這不會使我感到煩惱和沮喪。你知道：愛情縱然貴於萬斛珍珠，但在生活的戰鬥裡，你寧能失去了矛和槍？便何況對她只是濫用了我的想像。我愛她，將永遠愛她，就如同我愛每一個人一樣。（見全集件下冊，頁418）

這次的單戀在民國四十一年九月一日以前結束。而後，在民國四十二年七、八月間，他又驚服於一個女孩子的寫詩天才，對這位少女，直使他愛憎交加，受盡折磨。在民國四十三年一月二十五日給守誠信裡說：

我已能抑止住曾猖獗一時的悲痛。因我仔細回味時，驀然地發覺，為一個「頑童」的折磨而自溺，殊為可笑，儘管情痴如我。（見全集下冊，頁450）

楊喚情愛尋求之所以失敗，可能緣於早年純純的愛，致使角色衝突，把愛與情愛糾結在一起。其實，劉金鈴母親、王老太太、李老太太等人，或多或少亦曾使他有母愛的感受。葉泥在「楊喚的生平」一文裡，曾引述楊喚自己的話說：

他常說：「我一輩子都是受女人的氣，可是除了劉、王、李三位老太太之外。我所沒有享到的母愛，都由她們為我彌補上了。等到回大陸後一定還要到廈門去一趟，假若我乾媽還健在的話，我要侍候到她的天年。」（見全集下冊，頁521）

㈢劉朝魯　是劉金鈴的哥哥，也是楊喚詩中的劉騷，他是楊喚最要好的小伙伴之一。楊喚曾和劉騷、我丞插香誓盟結義爲兄弟，楊喚是他們的大哥。楊喚對劉騷的描繪如下：

> 高高的，瘦長的孩子，劉妍的哥哥，我的弟弟。
>
> 我們的結識，是饒有趣味而富於戲劇性的，和他還有我丞，我們三個，在莊嚴的神座前曾誓做「不能同生，但願同死」的弟兄。我們也曾互相以做「作家」相期許。
>
> 在一次沉重的大病裡，幾乎喪失了他年輕的生命。因而在康復之後，被母親強他信奉耶穌。
>
> 溫柔若處子，沉靜寡言，可是「講演」起來，卻流利動人。
>
> 我們散步在一起，讀書在一起，繪畫、寫作在一起。
>
> 他們的銅門環曾被我的手掌摩得嶄亮，他家院子裡的紫丁香，也使我最最歡喜。
>
> 劉騷呀，劉騷，你在哪裡？（見全集上冊，頁228）

所謂「我們的結識，是饒有趣味而富於戲劇性的。」再加上「溫柔若處子，沉靜寡言，可是演講起來，卻流利動人。」可知劉騷也是屬於害羞的人。他們戲劇性的打架，或許正是害羞者被激怒出來的意外行爲，而後同病相憐，進而惺惺相惜。

就愛而言，友愛是最基本的愛，是一切形式的愛之基礎。友情是建立在「我們都是一體」的體認上。才分、智慧及知識的不同，與一切人類共同具有的人性核心相較，是不重要的，要體認這核心的同一性，必須穿過表面層次，到達人性核心。如果我們對於他人的認識，只是表面爲主，則我們只認識到人的不同之處，而這些不同之處正是使我們互相隔離的東西。而年少無邪的友情，較有永世不渝的情操。楊喚自早年結義起，友誼一直是他最後的避風港。可是世局多變，友誼不易，他仍持有古樸單純的純眞。友誼是他生命的扶手之一，他重視友誼，他渴求友誼，他說：

> 康稔，康稔！我真寂寞死了，這裡沒有一個是我的朋友，沒有一個認識我的朋友真正的給我安慰和溫暖。我的心像冰封的河，渴望著春天。（見全集下冊，頁312）

又：

我知道，當一個人寂寞的時候，是多麼需要友情的慰藉呀。（見全集下冊，頁352）

又：

我離不開愛，我離不開友情。（見全集下冊，頁376）

又：

是的，在我，友誼是手杖，是燈，是我享有過的溫情中的最高貴的溫情。我是綿綿而落的雨，你是輕輕滾動的風，風和雨交織起來，是我們生命中的美術，是我們完美的工程。（見全集下冊，頁416）

友情是他的慰藉，他有時也常享受到溫暖的友情，他說：

我不但沒有忘記你的祝福，而且更珍重你的祝福。因為只有你，是我的朋友；也只有你知道我，瞭解我。你應該為我高興，高興我在你誠摯溫暖的友情裡得到快樂的滋潤。這是超過了一切幸福的享受。在失去了自由意志的苦悶裡受著煎熬的我，憑藉著它，才得有一絲甦醒的希望和喜悅。這在我精神領域的荒地裡是最值得炫耀和歡喜的豐收。謝謝你，康稔！（見全集下冊，頁314）

又：

在公共汽車上擠滿了人，我的心上也擠滿了歡喜。積鬱在心頭的憂鬱，像紫丁香的芬芳般地輕輕飄散了。在耀眼的燈光下，我又開始溫習著你，溫習著我們的友情。

你的來信很長，這很好，這就像一個慈善者對於一個饑渴的人的豪爽的施予。還有笑虹的信，雖然簡短，但卻脹滿了無限的友愛與熱情。這就是我無法申謝的。你知道，我正是需要並渴望著這些珍貴的慰藉。（見全集下冊，頁328）

又：

就是在這幾天，我將振作起來一點。這是因為我的寂寞和憂鬱因為和幾個年輕的朋友的相處而解脫了，驅散了一大半的緣故。

穆熹，一個寫詩的朋友，又在這裡碰到了。不，是在這裡才相識的。過去，他只是我朋友的朋友，如今，更進一步又和我成了朋友；還有的就是幾個圍繞在我身邊的幾個初學寫作的朋友。我從他們那裡分享到很多的溫暖和愉快。但我引為缺憾的是你，是你不在身邊。你遠在那風沙的島上。（見全集下冊，頁337）

又：

我在想：我很快樂，很幸福，因為我有了你們這樣一群年輕而又熱情的好友。我應該善自珍攝這過時不再的青春的時光。嚴肅起來，認真起來，結束過去的慵懶和散漫。因為我回首一望，過去的幾乎全是一片空白。（見全集下冊，頁365）

又：

多謝你珍惜我的「禮物」。如此說來，我也並不寂寞了。因為，雖然在這裡被人遺忘，而在遠方卻有著可感的友人的關懷。是的，我們要做一對永遠親愛的兄弟！我們的心和肺都連在一起。（見全集下冊，頁387）

可是，他有時仍會拒絕友誼，懷疑友誼，他在書簡裡曾說：

不是我想忘了你，而是我想忘掉了自己；讓我拒絕一切溫暖的友情的叩訪，把自己安排在一個陰霾的被人遺忘了的角落裡，用寂寞和憂鬱孕育自己。可是這樣卻使我更痛苦。我疲倦，我喟嘆，無力的軟癱著，痙攣了肢體和思想。請你原諒我冷酷的不給你寫過一個字，很久了。是的，很久很久了。（見全集下冊，頁308）

又：

很久沒有給你寫信，我知道你又是叨咕著。可是當我連一封信也寫不出來的時候，知道那心情會比你在等待著我的信那樣焦灼盼望的心情會舒適得多嗎!?你瞧，我剛從禁閉室裡出來寫的那封信，早就該寄給你，可是一直讓我把它放到今天。不只是你，我把好幾個朋友都給冷淡了。都是好久也沒有去看他們和給他們寫信。因為在這一連串日子裡，我在盡最大的努力來支撐自己。我真怕被那些過重的痛苦給壓倒下去。(見全集下冊，頁345)

又：

我記得曾不衹一次的和你說過，我說：友誼、愛情與詩是我生命的三個扶手。但在今天，我無緣於那味苦、也味甜的愛情；對文學的故鄉，我做了詩的浪子，我常常做不安的游離；到現在只剩下朋友了。就是朋友吧，卻也偏偏都隔得遠遠的，縱令我能馳飛想念，在這樣的心境下，寫封信也總是痛苦的。這痛苦是來自憂鬱和寂寞的洪氾，使我在無可為力的悲哀下，淹沒了一切，也淹沒了自己，一如落盡了葉子的樹，失去了鳥的歌唱，和太陽的照撫與風和雨的淋浴。(見全集下冊，頁403)

在台灣，楊喚的朋友有：李含芳、歸人、李選民、葉泥等人。其中與歸人最為深交。他們是在民國三十八年六、七月間，於當時的工作單位長官公署警衛團認識。他們的認識是緣於以文會友及同病相憐。可是歸人是個自負、且落落寡歡的寂寞者，然而他們卻有很深的眞摯的友誼，從書簡看來，有時眞令人懷疑他們就是同性戀者。（見全集下冊，頁313，歸人附註）全集收存的書簡中，給康稔的信有六十四封，占收存書簡的百分之七十七，可見他們的友誼一斑。書簡裡有云：

康稔，我的可愛的小伙子，你真有兩下子！以後少自己發神經吧！假如我是一個女人，不，是你的一個愛人，那麼我會在這封信上和你立下海誓山盟，說我永遠也不會忘記你。我親愛的人兒呀，我的心肝寶貝呀！可惜我不是。我是你的朋友，正如你說的那樣，你自信對我瞭解甚深，可就是在我很久沒有寫信給你的時候，竟說出要「絕交」那樣的話來。由此，我看不出，你對我有什麼瞭解！（見全集下冊，頁353）

又：

遠隔山海，我無能插翅飛越，只有數著日子，等待你，也等待著那一個莫大的歡喜。（見全集下冊，頁399）

又：

你非常驚異於我的蒼老，你以為我應該一如我之年齡般的年輕。但你為什麼不問一問我何以如此的呢?!雖然在上一封信裡我說我並沒有受到過絲毫的傷害，但在今天想來，我覺得我的確有一種難以言說的沉痛和悽惶。

康稔：我的朋友！儘管如此，假如你以為我就這樣下去了的話，那就是錯了。不，不的，絕不，永遠走不完的路，我才是一個剛掮起行李的起程的人呀！我需要你的支持，友情就是手杖，就是燈。（見全集下冊，頁411）

又：

看到你了的「母親的驕傲」之後，才知道你之許久不給我寫信，是因為你竟然「突變」成一個「母」的，更做了一個小寶寶的母親！可惜不知道那位「摸你的小腹」的「公」的是誰，否則，我早就給「他」下了戰書，聲討「他」竟敢膽大如此，不聲不響的奪走了我的「愛人」。（見全集下冊，頁426）

又致路泥的信裡也說：

守誠來了，又走了。縱令他來去匆匆，卻給我留下無盡止的友愛和溫情。在一個多有病痛的人，是正渴望著的；而這些就是我擁有的莫大的財富。因為除此，我們是一無所有的。（見全集下冊，頁490）

三、楊喚的寂寞

楊喚在生活中，似乎和同事們處得不錯。可是，在基本上他需要愛，卻又不善於表達情感。就某方面來說，他是害羞的、自卑的，以及缺乏信心，書簡裡有云：

我厭棄我的工作，厭棄我所厭恨的一切，可是這些偏偏又緊緊的套住我，像一頭被套上重軛，又遭受鞭打的老牛。我想著想著，便從心上顫起一陣絞痛。

又：

是乾涸淤泥的河床，屬於我的船都擱淺在這裡了。我呵，我詛咒自己——這個沒有用的傢伙，這個沒有用的水手。（見全集下冊，頁373～374）

又：

今天中午，我和含芳一道去看笑虹。因為還有另外一些朋友，以致我們沒能暢談。（見全集下冊，頁356）

又：

不止幾次了，我和你都曾想「振作起來」，可是終於徒然，就像我的戒煙。（見全集下冊，頁394）

朋友，我欣羨你，幾乎帶有幾分妒嫉的欣羨你。你是那樣熱情、爽快，而又那麼對一切都充滿著自信的神氣。還有你現在正全身全心，專神貫注地生活著！祝福你，每個時刻裡，你生活在千個萬個美麗而又溫暖的春天！

而我呢？像一株生在陰濕的牆角的草，就像命定了，我永遠是這樣暗淡的活下去，一成不變的，日復一日的，星星接著星星，年華接著年華，第二十二個春天就要過去了。

在「自由青年」裡我讀過了你那「文書生涯」。是的，那是一個不太好的開始，可是你如今卻結束了，那麼愉快的結束了。就像久病的人，第一次被允許走下病床，那麼興奮，那麼激動的用手推開窗……我呢？我還在繼續著，比你過去不如的「刻字匠」的生活。

好了，我不願意我的愁苦，打擾了你。因為你現在是怎樣愉快呀！你是不能再受一點這樣悒鬱的浸潤的。我願意看著你們，在陽光中的綠色的操場上，攢緊了發亮的鋼槍，像奔流的河，在你們粗壯的臂膀上，漲起烏藍色的動脈……（見全集下冊，頁478）

又：

你不知道，我有三怕，那就是：一怕理髮，是怕理髮師那驕橫傲氣；二怕看醫生，是怕醫生的冷酷無情和亂開處方亂要錢；三怕到那彼此互相「觀摩」的浴池去洗澡。每當臨陣不能逃脫，我都是以最大的忍耐和勇氣去闖關的。（見全集下册，頁487）

又：

我呢？我呀！我這朵野花，是在片片零落了。沒有眼淚也沒有歎息，什麼都沒有，因為我最清楚我自己。（見全集下册，頁493）

愛是人類的本能之一，也是一切的原動力，有了愛，人與人之間可以以愛會友，可以互相關懷照顧，可以彼此激勵，相互支持，進而將愛的力量提昇到更高的境界。因此，人們要在愛中一起成長，一起充實，更要一起學習愛的種種。而楊喚在愛的尋求過程，在先天上缺乏親情的溫馨，以及世局的動盪，對於愛的認識，似乎僅止於童年的憑弔與補償，而缺乏實踐，也就是在學習的過程中，對「格律」、「專注」、「耐心」、「無上的關心」沒有較爲正確的體認，以愛的藝術而言，任何人如果想精熱愛的藝術，他必須在他整個生命中實踐格律、專注與耐心。（以上見「愛的實踐」，志文版「愛的藝術」，頁127～154）。因此，在楊喚的生活中充滿著寂寞。

對於那些喜歡探討追求人生價値、人生哲學的人來說，「存在性的寂寞」始終是他們所熱衷的問題。這種寂寞乃緣於人力無法克服的存在性的。而寂寞除此之外，另有創造性的寂寞、社會性的寂寞、情緒上的寂寞。心理學在研究寂寞時，主要是以「情緒上的寂寞」爲主，「社會性的寂寞」爲輔。情緒上的寂寞是種主觀、獨特的心理現象，一方面缺乏快樂、情愛良性的情緒；另一方面卻出現害怕、迷惘等等的負面情緒。據專家研究的結果告訴我們寂寞的心理和社會因素很多，例如：失去親密的人、被人遺棄、在需要時缺乏親友的支持、內在的危機、失敗的感覺、生活變遷、換工作、害羞等等（見「寂寞」，遠流版「害羞、寂寞、愛」，頁115～168）而楊喚的寂寞，不論其因素若何，亦不論其晦暗蒼白如何，至少從他的詩文裡我們知道他終身與寂寞爲伍。他說：

> 憂鬱和寂寞，從童年糾纏我直到現在，是以我的日子裡，很少有著絢麗璀璨的顏色，不是深灰，就是蒼白。我要的是薔薇和玫瑰，但毒刺的荊棘又偏偏向我投擲過來。（見全集下册，頁334）

以下依次引錄有關「寂寞」一詞。屬於詩句者有：

老祖父不再那樣寂寞了（見全集上冊，頁50）

凝固了的生活是寂寞的。（見全集上冊，頁59）

他說：怕年輕人惹寂寞。（見全集上冊，頁71）

我的琴遂也在寂寞的冷谷裡響起。（見全集上冊，頁81）

我不會寂寞；更不覺得冷。（見全集上冊，頁93）

椰子樹嬌羞的站在寂寞的窗口；（見全集上冊，頁97）

這不是因為被寂寞封塵了絃琴，（見全集上冊，頁133）

駝鈴啊，請不要訴說你的寂寞和憂鬱。（見全集上冊，151）

找著寂寞的孩子唱最快樂的歌給他聽。（見全集上冊，頁209）

見之於童話者有：

相反地月宮裡很荒涼、寂寞和憂鬱。（見全集上冊，頁237）

就這樣在月宮裡過著荒涼、寂寞的日子。（見全集上冊，頁238）

這寂寞、荒涼的月宮就開始變了。（見全集上冊，頁238）

膽小的小妹妹看著大姊們都想離開這荒涼又寂寞的月宮。（見全集上冊，頁241）

可憐的淒涼寂寞的日子。（見全集上冊，頁243）

以下所錄是見之於散文書簡者：

你知道我，我沒法解脫纏擾著我的寂寞。（見全集下冊，頁275）

我想用它來騙我的寂寞。（見全集下冊，頁275）

他說：怕年輕人惹寂寞。（見全集下冊，頁276）

我知道你是寂寞的……，就都是寂寞和煩躁在折磨你。……又怎能不煩躁不寂寞呢？我是被寂寞和憂鬱虐待慣了的，……倒也減少了許多寂寞。我告訴你，解脫寂寞唯一的好辦法，就是認識幾個新朋友。（見全集下冊，頁281）

所以就只有寂寞，寂寞。（見全集下冊，頁284）

還不是一樣不寂寞（見全集下冊，頁289）

今夜，這落雨的夜，從寂寞裡拉出我自己。（見全集下冊，頁293）

永遠有一顆寂寞的心。（見全集下冊，頁294）

唱我的寂寞。（見全集下冊，頁294）

寂寞的時候，一些話都梗在肚子裡不願意開口。（見全集下冊，頁297）

那你的寂寞也許就會少一點。（見全集下冊，頁299）

我怕寂寞，我要去找熱鬧的地方。（見全集下冊，頁299）

假如你太寂寞，可以多認識一些新朋友，多看一點書。（見全集下冊，頁299）

我現在想怎樣才不會讓自己寂寞。（見全集下冊，頁302）

流落的人「在夢裡也有寂寞的」。我怕寂寞，我守著窗子想著過去。（見全集下冊，頁305）

用寂寞和憂鬱孕育自己。（見全集下冊，頁308）

窗外有雨，有風，是一個寂寞的夜。（見全集下冊，頁309）

康稔，康稔！我真寂寞死了。（見全集下冊，頁312）

你在寂寞的夜裡，還有風去敲響窗櫺，做你的客人。但是這裡卻是一片寂寞。（見全集下冊，頁314）

每一個讓你走過或想著的角落，都發散著寂寞的氣息。（見全集下冊，頁315）

你提起「一個人唱歌多寂寞」。（見全集下冊，頁315）

自己讓寂寞嚙傷心靈的獨唱。（見全集下冊，頁315）

免得彼此互相埋怨、寂寞。（見全集下冊，頁323）

這是因為我太寂寞了。（見全集下冊，頁331）

我曾這樣譬喻過我的寂寞。（見全集下冊，頁331）

在寂寞和鬱悶的煎熬裡，又多加了一份痔瘡的灼痛。（見全集下冊，頁331）

憂鬱和寂寞，從童年糾纏我直到現在。（見全集下冊，頁334）

但寂寞憂鬱卻緊緊地糾纏著我。（見全集下冊，頁335）

這是因為我的寂寞和憂鬱……（見全集下冊，頁337）

現在我用盡辦法來排除我最難以忍受的寂寞，那便是你要遠離它。（見全集下冊，頁340）

小雞和小鴨們也在寂寞的啾叫著。（見全集下冊，頁345）

我以極大的耐心來排遣這困人的寂寞……。（見全集下冊，頁347）

我知道，當一個人寂寞的時候，是多麼需要友情的慰藉呀，（見全集下冊，頁352）

現在，我怕，我怕寂寞真的會吞噬了我。（見全集下冊，頁359）

一種空虛、寂寞之感便在你的心頭昇起。（見全集下冊，頁359）

我被困在寂寞的峽谷裡。（見全集下冊，頁360）

一如虐待了我的寂寞那樣。（見全集下冊，頁360）

一個人在那籠罩在風砂裡的海島上和寂寞廝守。（見全集下册，頁362）

別再讓憂鬱和寂寞什麼的，浸霉了你的骨頭。（見全集下册，頁365）

是我在寂寞的樊籠裡掙扎……。（見全集下册，頁372）

我寂寞極了，這是我每封信上都要寫的。（見全集下册，頁372）

真的，除卻寂寞我一無所有。（見全集下册，頁372）

我寂寞極了。（見全集下册，頁373）

我真寂寞極了，寂寞極了。（見全集下册，頁373）

那門裡誰知道隱藏多少煩人的痛苦、寂寞、憂鬱和嘆息？（見全集下册，頁374）

我知道沒有書看的寂寞和痛苦。（見全集下冊，頁377）

我瞭解，也同情你的寂寞和苦悶。（見全集下冊，頁378）

一來和那些被關在籠子裡的寂寞的生命去親近一下。（見全集下冊，頁384）

我也並不寂寞。（見全集下冊，頁387）

知道你已找到了醫治寂寞和苦悶的金石良方。（見全集下冊，頁389）

一如那寂寞無語的老榕樹。（見全集下冊，頁393）

雖然在寂寞無聊的時候……。（見全集下冊，頁393）

怎麼會呢！我孤苦伶仃，寂寞，憂鬱。（見全集下冊，頁397）

在這難堪的寂寞裡。（見全集下冊，頁400）

這痛苦是來自憂鬱和寂寞的洪氾。（見全集下冊，頁403）

一種大的痛苦，大的寂寞。（見全集下冊，頁410）

想不到生活在鄉間竟使你如此寂寞。（見全集下冊，頁431）

也把寂寞你的，憂鬱你的，一齊擺脫！（見全集下冊，頁431）

　已能稍習於寂寞。寂寞，在無所事……有謂：能安於寂寞者，非神即鬼，

信然！（見全集下冊，頁442）

最初，我暗想怕你們會不耐鄉村的平靜與寂寞。（見全集下冊，頁471）

但那寂寞的小心靈卻擁有虹一樣的顏色。（見全集下冊，頁471）

就會有讓人難堪的寂寞抓住了你。（見全集下冊，頁482）

康稔是一個怪物，這也許是孤獨和寂寞，虐待了他……。（見全集下冊，頁483）

康稔有信來，信裡裝滿了憂鬱寂寞。（見全集下冊，頁489）

許久了，你們都無消息，這使我寂寞，更使我惦念。（見全集下冊，頁492）

更何況我不會寂寞，因為將有你們兩個為我作伴。（見全集下冊，頁496）

綜觀上述所錄，可見楊喚的寂寞一斑。而他亦曾努力尋求突破，他認為友誼與書是最好的方法，可是他最好的朋友歸人，竟是個比他更寂寞的人，致使他有可能成為「寂寞專售店」。從寂寞的正面好處來看，為了面對自己、瞭解自己，每個人都需要有獨處的時候。可是，從相反負面來看，寂寞會帶給人很多不良的影響。寂寞常常使人感到不快樂；其次，也會導致許多心理或生理上的疾病，這疾病包括憂鬱，過分緊張的焦慮以及一些不良行為。

長期寂寞能使人萌生自殺的念頭。楊喚亦曾經有此念頭。他在民國四十年一月一十一日給康稔的信裡說：

由於極端的苦悶不得解脫，我近來每每想到死，雖然我曾笑罵過自殺的人，說那是一種最要不得的怯懦的人，雖然我憎惡這自己謀殺自己的卑鄙的行徑。但我只有更加痛苦。每當午夜夢回，從枕上醒來，我便聽到自己受難的靈魂在流血……

這靈魂上的折磨真夠殘酷。我真要忍受不下去了。（見全集下冊，頁333）

以下略述一些與寂寞有關的行爲或念頭。

㈠嗜煙。嗜煙，其實就是一種「縱行作用」的不成熟心理自我防衛。他自己在書簡裡，對煙有如下的描寫：

煙，還是不能戒掉。那每月一度的狂想又被撞碎了。（見全集上冊，頁267）

吃過飯，人又都走了。扔掉了一隻煙蒂，我在打算著今天該怎樣度過。

（見全集下冊，頁325）

不止幾次了，我和你都曾想「振作起來」，可是終於徒然，就像我的戒煙。（見全集下冊，頁394）

這時候，紙煙便好似一支支的粉筆，在夜的黑板上，我用它不停的寫著人生的問題和答案；一篇童話抑或是一串落到地上可以聽到痛苦的呻吟的詩句。（見全集下冊，頁402）

你說人生如夢，又說你恨以前對「煙」竟一無所知，現在才忽然理解了煙的可愛。這也許是你錯了，要不就是我。我以為，我所感覺的正與你相反，因為再「真」不過的是人生，再可惱不過的是煙。雖然對人生我會不由自主地（像你所說的）嘆息，對煙是戀戀不捨的熱愛。這說來也許是很矛盾，但我想你總會理解這些。（見全集下冊，頁405）

終日無聊，惟有乞靈於煙酒，吾已不知此身何處矣。（見全集下冊，頁447）

好，沒有我愛喝的高粱酒；且啜下一大口茶吧，再點起一隻煙，讓我安靜的坐一下，想著現在你們在怎樣忙碌著。遠隔山海的康稔，是怎樣的工作著。我的最好最好的朋友們，你們的臉，在我的藍色的煙圈裡顯現了，又消失了，像浮沉在不安的海面的航船，我是那圍繞著航船的鷗鳥……。（見全集下冊，頁479）

不提「新樂園」還好，提起來真差勁，現在消耗量大增。有幾個錢都抽進去了。你想，一天要一包，據說，我一開口講話就有一股子煙臭（據說者，乃因我患老傷風，什麼氣味也聞不到）。虧得沒有愛人，否則一個Kiss，還不就絕了交！（見全集下冊，頁483）

我在望著你會跟春節一起到我這裡來。雖然我沒有豐富的夜宴招待，但我們卻能在香煙的霧陣裡，坐待黎明，促膝夜話。（見全集下冊，頁488）

㈡買愛國獎券。他們有許多的理想，可是卻窮。書簡有云：

不行，我和你一樣，也是讓債給我壓得透不過氣來，這是總得想辦法解

決的事。（見全集下冊，頁330）

於是他們寄望買愛國獎券中獎，他們幾乎每期必買，卻似乎沒中過獎，書簡有云：

他跟我合買一張獎券。你等待著好消息吧！（見全集下冊，頁336）

獎券沒有斷買過，你不用再寄錢來，我們如果中了，當然也有你的份兒。（見全集下冊，頁349）

說起來也氣人，就是「一切希望的希望」的獎券，也不落在窮小子們的頭上。（見全集下冊，頁357）

今天早上我想對獎券，但一摸口袋，那張寶貝獎券不知何時已不翼而飛了，就是號碼我也沒有記下來。為了自己安慰自己，我寫出了：「槍聲一響，萬事皆空；獎券一丟，天下太平。」（見全集下冊，頁379）

看見你在信上提到的對那「一切希望的希望」的打算，我才知道你強我多多，因為你倒頗有理財的智慧和心計。（見全集下冊，頁399）

㈢疾病。糾纏的病痛，正與寂寞惺惺相惜，也因此怕看醫生。在書簡裡有如下的記載：

在寂寞和鬱悶的煎熬裡，又多加了一份痔瘡的灼痛。每當疼得我坐立不安的時候，我幾乎想自己動手用刀片割下那頻頻作怪的核瘤。即將來臨到春節，給我很多的傷痛。我原來是一個對時間和季節這些觀念最淡漠的人，可是我不是在悼念那些遠我而去的日子，而是難以忘懷那些難再的情趣。（見全集下冊，頁331）

由於你提起你的有意的作踐身體，我倒也想起自己。我要告訴你的是：我的身體是越來越壞了，已不復有當年「馳騁北方大草原上」的雄姿英發，如今是如此的嬌嫩脆弱，暈眩而又無力。（見全集下冊，頁427）

臥榻不起，與藥丸為伴已兩日。（見全集下冊，頁436）

痔疾又已「潛」癒，胃病則未見分毫起色。一日數次陣痛，酸水湧湧，如暈船嘔吐者然。欲徹底治療，頗多不易，只有苦捱，別無他策。（見全集下冊，頁441）

一如日來含芳赴約之頻，我之胃痛與痔疾大發，雙管齊下，鼓鈸爭鳴，實不勝痛苦，幾欲仰天絕號。（見全集下冊，頁443）

最近情緒極壞，忽陰忽晴，忽暖忽冷，連自己都搞不清楚到底是害了什麼病，中了什麼魔，也許是受了台灣天氣的影響。

……

害痔瘡真夠痛苦，一陣陣燒灼般地疼痛，讓我坐立不安。在醫務所看過醫生。正如我所預料到的，要到總醫院去看。因為聽別人說過那些麻煩，我望而卻步，真不敢去嘗試。但自己又沒有一筆偌大的醫藥費。真是惱壞了人。且等過了舊年再說吧。（見全集下冊485～487）

我們或許可以說，楊喚這種病，並非單純的疾病，而是心理症，因此病人常用肉體上的疾病來回答內心無可忍受的衝突的一種方式。他在書簡裡亦曾說到：

多來沉思吧，多來讀書吧，現在我寧肯讓書籍來吞食我的健康，也不願意害了惡性痢疾般的頻發夢囈，奢侈地浪費言語。沉默如一元寶盒，我願常守著沉默，找回真正的我自己。（見全集下冊，頁455）

又：

不是我懶於延醫；更不是我在假裝糊塗，要來的就讓它來好了。假如結果真的會是那麼不幸，我也一無怨尤和恐懼。從「土」裡生長的，將終歸於「土」，更何況我只是一株永遠開不出花，結不成實的樹。也許，這樣做就正如你所說的是我在自行虐待。但，我也總是相信，從北中國的風雪和苦難裡熬煉過來的孩子，就是再欠於堅強，也將不會在這樣的抗爭裡，被命定為一個敗北的賭徒。（見全集下冊，頁496）

這種疾病，如果醫生只用藥醫，效果並不大，而患者本身也不會樂意見醫生。其實心理症的肉體病情，經常不像患者想像的那麼嚴重。診治的方法尤其需要患者本人的努力，例如鼓勵自己、爲自己灌輸勇氣、面對引起疾病的心理問題、尋求精神專家的協助等。

㈣對生活或工作的不滿。寂寞難奈，則嫁禍於生活的無趣，或工作的單調，這樣轉移，事實上於事無補。試引錄幾則書簡如下：

> 這麼久，生活上有很大的變動，團裡改編，含芳作了警衛營的書記官。我呢，在第五廳，當然還是一個「刻字匠」，沒有什麼可提的，還是和過去一樣。這樣的生活，是一個「型」，你就在這「型」裡過日子吧，單調、枯燥、無聊，情緒一直是低沉的。做什麼也沒有興致。這封信還是含芳再三催著才寫的。因為大家都懶得要命，提起筆來就放不下去。從這封信裡的潦草，你就可以知道。（見全集下冊，頁349）

> 我寂寞極了，這是我每封信上都要寫的。真的，除卻寂寞我一無所有。由於痛苦的熬煉，我變得低能庸俗，只是拖著一個軀殼的，沒有思想的人。

因之，生活失去了均衡，兩隻脚深陷在墮落的泥沼裡。

……

我厭棄我的工作，厭棄我所厭恨的一切，可是這些偏偏又緊緊的套住我，像一頭被套上重軛、又遭受鞭打的老牛。我想著想著，便從心上顫起一陣絞痛。（見全集下冊，頁372～374）

在自由青年裡我讀過了你那「文書生涯」。是的，那是一個不太好的開始，可是你如今卻結束了，那麼愉快的結束了。就像久病的人，第一次被允許走下病床，那麼興奮，那麼激動的用手推開窗……我呢？我還在繼續著，比你過去不如的「刻字匠」的生活。（見全集下冊，頁478）

對工作或生活不滿，連帶會有許多不良習慣的併發，如懶惰、自大、自暴自棄。試引幾則書簡如下：

你的吵架，我的懶，可謂雙絕，但願我們根除了它們，別教它們舊病復發。（見全集下冊，頁361）

在元旦那天見面，他說我「自傲自大」，他說我「暴躁發瘋」。（見全集下冊，頁388）

你的「憾恨」和我的「虐待」，是孿生兄弟，他們產自貧血的母親。（見全集下冊，頁413）

綜結以上所述，楊喚終身與寂寞為伍，而他的寂寞又與憂鬱連成一體。這種現象，具體的說是「期望」與「實現」之間有所衝突所致。也就是所謂的「精神官能症」。楊喚就其現象而言，主要是屬於憂鬱反應，這寂寞與憂鬱，可視為一種正常哀傷反應的擴張，具有強烈的自貶傾向。患者會報告出自己有悲哀的感覺，沮喪而不振作，可能還會大哭一陣，對工作、娛樂、朋友、及家庭失去興趣，說話和動作遲緩，晚上睡不好、失去胃口，變得易於激動，擔心自己的健康。此外，還會有自殺的念頭。

精神官能症的憂鬱反應，通常來自某種失落，如父母、配偶、親密的朋友或子女的死亡，和男（女）朋友或配偶斷絕關係，學業上或工作上的失敗等——這通常意味著某種人際關係的被拒絕，這些事都足以使一般人感到憂鬱。不同的是，精神官能症患者的憂鬱較一般人嚴重，而且經過一段相當長的時間以後，仍舊無法恢復——他無法將它輕易的「甩掉」。以下試引錄全集裡所見「憂鬱」用詞如下：

讓我的日子永遠蒼白憂鬱。（見全集上冊，頁37）

那憂鬱的夢啊，是枚白色的殼，（見全集上冊，頁57）

讓那憂鬱和哀愁（見全集上冊，頁63）

喂！你，憂鬱的，
憂鬱病的患者。（見全集上冊，頁79）

我的憂鬱提著螢火蟲的燈籠走來，（見全集上冊，頁81）

憂鬱夫人的灰色的面紗，（見全集上冊，頁125）

也不是被憂鬱麻痺了知覺，（見全集上冊，頁133）

駝鈴啊！請不要訴說你的寂寞和憂鬱。（見全集上冊，頁151）

相反地月宮裡很荒涼、寂寞和憂鬱。（見全集上冊，頁237）

我是被寂寞和憂鬱虐待慣的了。（見全集下冊，頁281）

海、憂鬱的海。（見全集下冊，頁285）

憂鬱、苦悶、煩惱，都不能描畫出我的可憐相。（見全集下冊，頁290）

我一直抑止我的憂鬱和懷念。（見全集下冊，頁291）

我的希望和憂鬱。（見全集下冊，頁294）

用寂寞和憂鬱孕育自己。（見全集下冊，頁308）
更加重了我的煩躁和憂鬱。（見全集下冊，頁311）
讓那憂鬱和哀愁。（見全集下冊，頁311）
我害著沉重的憂鬱病。（見全集下冊，頁314）
積鬱在心頭的憂鬱。（見全集下冊，頁328）
我依然背負著青春的憔悴和憂鬱。（見全集下冊，頁332）
憂鬱和寂寞，從童年糾纏我直到在。（見全集下冊，頁334）
但寂寞憂鬱卻緊緊地糾纏著我。（見全集下冊，頁335）

這是因為我的寂寞和憂鬱因為和幾個年輕的朋友的相處而解脫了。（見全集下冊，頁337）

或者嗅到那濃重的憂鬱和痛苦的氣氛。（見全集下冊，頁344）

我的憂鬱的感傷。（見全集下冊，頁348）

現在正在嘗試著擺脫憂鬱和煩悶。（見全集下冊，頁361）

別再讓憂鬱和寂寞什麼的，浸霉了你的骨頭。（見全集下冊，頁365）

我寫不完我的憂鬱和忿恨。（見全集下冊，頁371）

那門裡誰知道隱藏多少煩人的痛苦、寂寞、憂鬱和嘆息？（見全集下冊，頁374）

使我所有的年輕的日子盡是蒼白和憂鬱。（見全集下冊，頁375）

因為我怕看見自己那張被憂鬱給浸蝕了的臉。（見全集下冊，頁388）

憂鬱地凝視著博物館那希臘式建築的圓形的拱柱。（見全集下冊，頁393）

我孤苦伶仃，寂寞，憂鬱。（見全集下冊，頁397）

每次我都是寫給你我是怎樣憂鬱和感傷。（見全集下冊，頁400）

我心靈的窗口被鎖蔽於那憂鬱的灰雲。（見全集下冊，頁402）

這痛苦是來自憂鬱和寂寞的洪氾。（見全集下冊，頁403）

那使人在無聲中蒼白萎謝的憂鬱。（見全集下冊，頁404）

也把寂寞你的，憂鬱你的，一齊擺脫！（見全集下冊，頁431）

剔落她的憂鬱。（見全集下冊，頁460）

我已經從憂鬱的網裡慢慢滑出來。……也落在和響在我的被憂鬱給侵蝕了的心上。（見全集下冊，頁480）

唉！憂鬱的懷鄉病患者。（見全集下冊，頁486）

信裡裝滿了憂鬱寂寞。（見全集下冊，頁489）

四、讀書

我們瞭解楊喚的寂寞與憂鬱，是源出於童年的不幸。這種早期創傷，時常會造成心理挫折。可是，幼小時沒有足夠的能力和經驗掌握情境。然而，仍然必須自己面對種種成長的危機，由於環境的壓迫和調適的需求，促使當事者，在逆境中採取適應的方式。而楊喚也認爲脫離寂寞的好辦法，就是多認識幾個新朋友和多看些書。以下專述楊喚的讀書嗜好。

楊喚對書的喜愛與痴迷，可以用「手不釋卷」來形容的。就書簡所記而言，他曾廣泛閱讀當代的文學作品，尤其是詩集。他看了不少的翻譯名著，如：泰戈爾詩集、浮士德、咆哮山莊、大衛•科波菲爾、情感教育、基度山恩仇記、威爾斯「莫洛博士島」、西塞羅文集、安娜、左拉、潘彼德、匹克威克等。歸人在全集的前言裡，對他好書有如下的說明：

自從獨立謀生以後，他的微薄的收入，幾乎全部買了圖書。其次，他的興趣並不限於文學；哲學、社會學、文藝批評、歷史、甚至昆蟲學、美術史，他都細心研讀，作有仔細、整齊的筆記。標題、章節字體較大，需醒目處，則改用紅筆。勾玄提要，條理井然。他讀「包法利夫人」的筆記，分上、下兩冊，多達約三萬言。有始有終，絕少半途而廢的情形。我有次將他的幾十本讀書筆記展示給顧保鵠博士、彭震球教授及心蕊女士參觀，便引起他們的驚嘆，咸稱「原來他這麼用功」。（見全集上冊，頁17）

他如此的熱愛書，到底從書本中獲得了什麼？我們且看看他的書簡。

書是他解脫寂寞的方式，他也如此告訴他的好友歸人（見全集下冊，頁299）。在「感謝——致安徒生」（見全集上冊，頁93）一詩中，他對安徒生的讚美，最可以說明他對書籍的熱愛，因爲書籍是他最好的避風港，這個港是以「童話」構造而成的。他認爲人類最好的恩賜之一是：「最好要有好友與書籍共度青春的時光！」（見全集下冊，頁419）楊喚的熱愛書籍在動機上是外誘的。因此，有時會造成另一種的痛苦，他說：

> 有什麼書可讀？我連報紙都懶得仔細看。（見全集下冊，頁279）

又：

> 沒有書讀，在我這是最大的苦事；有了書，卻也難得有一點安靜的心情。（見全集下冊，頁340）

又：

我知道沒有書看的寂寞和痛苦。（見全集下冊，頁377）

又：

多來沉思吧，多來讀書吧，現在我寧可讓書籍來吞食我的健康，也不願意害了惡性痢疾般的頻發夢囈，奢侈地浪費言語。沉默如一元寶盒，我願常守著沉默，找回真正的我自己。（見全集下冊，頁455）

讀書要有成就，必須靠個人自動、自發、鍥而不捨的長期努力，自動內發是屬於自發動機，有內發動機方能有興趣可言，也方能享受興趣。楊喚亦頗為注意，書簡有云：

之一：

能多看書，是很好的享受，但願你永遠有這樣的福氣。

「浮士德」的確很難看懂，等幾天我找一些關於它的文章給你看，也許能幫助你對它的理解。

看書不懂沒什麼關係，只要你肯用功去理解它，我們要有看「大書」的勇氣。（見全集下冊，頁298）

之二：

想看書，我想拓展一下精神的領域。（見全集上冊，頁359）

之三：

正如你說的，我要好好的開始生活了，多讀點書，做筆記。希望你我都不要做「情感教育」裡的那位可憐的福賴代芮克．毛漏！（見全集下冊，頁364）

之四：

日來總酣於讀書，以一種炙人之痛的哲學的焦慮拷打自己。我在忙於粉碎這一個我，歡迎另一個新的自己。雖有時不免怯步，幸好還能不斷警惕。

（見全集下冊，頁424）

之五：

能多讀書，極善。吾正日日孜孜於此，不敢稍懈，並必做筆記，望你亦能如此。

（見全集下冊，頁441～442）

楊喚的閱讀，本身就是種治療。從閱讀過程中，他們似乎找到認同的對象，也多少使心靈澄清淨化，同時確認解脫寂寞的功效。更重要的是，他似乎從閱讀過程中，發現了安徒生，也發現了綠原，於是他找到了憧憬已久的童話世界。

第伍章

楊喚的「童話城」

楊喚初級農職的學歷、艱苦的童年、流浪的歲月、忙迫的工作、糾纏的病痛、貧苦的生活集於一身；追求知識和文學寫作的基本訓練，又沒有良好的機會，就是圖書的接觸，也極其不易。可是，他竟然神奇的突破種種重圍，一往無阻的走入文學之國，登上詩之殿堂。他到底憑藉著什麼？使他能穿過荊棘，戴上桂冠？又為什麼使他寂寞憂鬱而不能自拔。或許童話城的概念能為我們解開謎底。

一、楊喚的性格

馬斯洛(Abraham Maslow 西元一九〇八～一九七二)，在一次接受訪問的時候說：

> 我很奇怪，為什麼在童年我不是精神病患……，我寂寞，不快樂……，因而經常埋首在圖書館的書堆當中，在孩童與青春前期的歲月中，我可是在孤獨學習、缺乏朋友的情況下長大的。(見遠流版「害羞、寂寞、愛」，頁6引)

勇於表達自己不幸的人，是比較有機會不再寂寞，以馬斯洛當時的學術地位，他那樣誠實地、自由地「自我坦露」，直覺他是言行一致的心理學家，德高望重、返璞歸眞的智者，是可親的人。但同樣是走過寂寞的路，又有多少人能共享自我坦露後的淨化感受。

情緒上的寂寞和社交上的孤獨，對孩童來說，常不是他的能力和經驗所能掌握；然而，走出寂寞的困境，除了適當的自我坦露外，還需要其他有效的表達溝通途徑。換句話說，馬斯洛在家裡得到父母應有的支持與合理的愛，他因而免除了心中因寂寞而缺乏愛的恐懼。反觀楊喚，童年是淒苦的，他那短促的一生，充滿了痛楚、飢餓、流浪、窮困、疾病。從小他就想遠離寂寞。吳靜吉先生在「害羞、寂寞、愛」一書裡，曾提出遠離寂寞的六途徑，他說：

途徑一：能主動去結交朋友。只有透過自己有效的自我坦露，提供回饋，才有可能讓別人了解自己。

途徑二：自我坦露時，希望你不要像台北的垃圾處理方法，只管倒垃圾，而不管別人的容量。

途徑三：讓自己快樂，最好還是求助於自己。不要過分地期望別人瞭解你，因為希望別人對你有好感或瞭解你，主權泰半決定在對方，而你主動地去瞭解別人、幫助別人，對別人好的話，主權在你。交朋友是雙方的，你真正能夠設身處地對別人好，別人至少會給你回饋，給你增強信心，這樣滿意的後果，會強加你和別人的瞭解和親近。

途徑四：結交朋友可以從自己身邊的人群中去找，不要在人群中自我孤立或退縮，或只相信遠來的和尚會唸經，捨近求遠。

途徑五：把友誼和愛情分開。交異性的朋友，也要交同性的朋友。如果結交異性朋友跟愛情婚姻混合一起，結果你可能會開一家「寂寞專賣店」。

途徑六：希望你發現自己的優點與專長，從發現優點和專長中得到成就感，並且用自己的優點與專長與人交往。進而去發現別人的優點與長處，互相欣賞的朋友總比同病相憐的朋友有趣多了。（見遠流版，頁163～164）

楊喚自己也認爲「友誼、愛情與詩是我生命的三個扶手。」（見全集下冊，頁403）

雖然，他經常埋首在書中，他熱愛讀書。雖然，他沒有變成精神病患，也沒有發瘋，可是他依然沒有遠離寂寞與憂鬱。

面對困境（或心理壓力、心理挫折），抒解挫折的方式有：

1人格崩潰，表露精神缺陷。

2心理「退行」，改用較幼稚方式適應。

3採用心理自衛機轉。

4克服困難，勝任挫折。（見水牛版「心理治療：原則與方法」，頁14～17）

其中，以「克服困難，勝任挫折」爲最有效的適應方式。這是有「成熟的人格」者的適應方式。所謂成熟的人格，在「心理治療：原則與方法」一書裡，曾從心理學觀點有如下的描述：

首先，他對自己及別人有個基本的信賴感，相信自己是好的，有用的人，而別人也是可靠、可依賴、可結交的。自己喜歡自己，滿足於自己的背景、環境、家人及自己的性格，對人生有信心及興趣。

其次，能對自己家人親近相處，共享甘苦，在自己家裡有個情感上的根底。喜歡自己配偶、子女、長輩。有意保護、維持自己家庭及婚姻，為一切生活之基礎。

對工作有興趣、負責，從事自己所負擔的家事或職業，以其成就為傲。能與大家相處，共同合作，想改善工作成就。

生活內容有平均發展，對學習、工作、享受、娛樂，各有從事，且所好，時時求生活之充足與平衡。

常能內省，觀察自己言行、心理，瞭解自己長處而充分應用發揮；也明瞭自己短處，懂得彌補應付。事情順利成功，能高興；事情失敗，不如意，也能接受。有充分的伸縮性。(見水牛版，頁21～22)

總之，成熟的人格，並非是完美的人格，是一般普通人都可以期望的狀態。反觀楊喚，並不具有成熟的人格，面對壓力，由於早期創傷過重，未能採取「克服困難，勝任挫折」的方式，似乎只採用「心理自衛機轉」。

所謂心理自衛機轉乃是一種心理現象，我們在潛意識當中使用一些心理機轉，把我們個體與現實的關係稍微改一下，使個體較易於接受心理挫折與壓力，不致引起情緒上過分痛苦與不安的自我保護方法，它是一種常見的心理現象。

心理自衛機轉之種類很多。一般說來，早期（指嬰兒、幼兒、兒童等）所採用的是以自愛或不成熟的方式爲主。由於個人的境遇與經歷不同，選取適應的方式也會有不同。但由於不斷的使用，這種適用方式成了習慣。到了成年以後，這種反應模式更變得個別化，更不易分辨。然而歸納起來，這種適應的方式，既可保衛人們的自尊，又可以減輕挫折引起的長期不安。因此它是一種常見的心理現象，如今心理學上廣泛用作能使個人對付挫折、逃避恐懼，以及對不良情緒的反應行爲。所有的自衛機轉，都帶有一種「自我欺騙」的性質。

常見的自衛機轉，依余昭「人格心理學」的說法有六種，試引錄如下：

1合理化(Rationalization)——對個自的行為加以合意的但係乖誤的解說，以避免由正確解釋而引起的焦慮不安，如自圓其說。

2投射(Projection)——個人具有的不良品質或特性，卻自己不願承認，為保護自己免於認知，蓄意誇大並將這種種不良品性指派到別人身上去，由是個人本身的種種傾向變為合理而正當。

3反向行爲(Reaction Formation)——人們常能掩飾其動機而強烈表示反方向的傾向。例如不想生孩子的母親，生孩子後，由於不歡迎孩子的來臨而有罪惡感。因此變得過分溺愛，過分保護此孩以使人相信她愛此孩。同時也示信於人自己恰似良母，但內心對此孩仍然厭憎仇視。

4分解(Dissociation)——正常情形下，我們的行動、情感、思想是統合一致的。當我們認明有人中傷我們時，我們便感憤怒而進行反擊。這時我們的思想、我們的憤怒、以及肌肉活動是協調一致的。但是這種統合一致易於被早年教養所造成的衝突所裂解。分解或整體活動的分裂於是發生。雖然，「分解」常以各樣方式顯現，大體可以歸納為兩種：

(a)強制行動(Compulsive Movements)：一個人自覺被迫重複的做著某些行為而顯示非其所情願。這些行動雖常出乎自動，但實際上絕少帶有情感。這種儀式化的活動有時本身不自知。手臂抽動一下可能替代怒氣之下的攻擊行動；眨眼可能表示想看禁睹的景物而同時表示對於此項看視心存矛盾。避免叉道可能表示避免誘惑。這種不情願的儀式化行動，不自覺的使人自信危險的或禁忌的行為將不致做出來，而可能造成的罪過也就成功的避免。

(b)過度理論化(Excessive theorizing)：對一切事物過分的談論或思考以致替代了實際行動，但藉此避免可能由於力所未逮而引起的自卑感。譬如青少年警覺到各種情緒伴隨新近增強的性衝動而來，便會蔑視所有各種情緒而儘力使一切成為抽象的而理論化的。

5壓抑(Repression)——所有各種的防衛機能都是保衛自己免於充分察知本身要想否認（有時是不自知的）的種種衝動，如果這種衝動完全加以否認，那就是壓抑的機能，通常使用壓抑的機能，本身並不察知被壓抑的衝動究竟為何。佛洛依德(S．Freud)以為壓抑作用是一種本能，對於某些衝動以及不愉快的經驗，我們自動的會加以壓制而不加思憶。「壓抑」如果完全做好，便構成整個的遺忘——全然不覺個人本身不願接受的動機，而由於此項動機所導致的行為也全然避免。健忘症有時由此形成。

6替代(Substitution)——以社會許可的目標替代禁忌的事物；以極其可能成功的種種活動替代注定必然失敗的活動。替代作用可分為兩種：

(a)昇華(Sublimation)：佛洛依德最初使用昇華一詞，意謂將性衝動或其他動物本能之衝動轉化為具有建設性或創造性的行為。如今心理學一般的用作將原來社會不接納的種種動機以社會接納的形式予以表達。譬如性滿足的慾望遭受挫折，可以以寫作發表，書畫展出，予以昇華。敵視的衝動可以鍛鍊拳擊或摔角技能或各種比賽而找到社會認可的表達方式。昇華作用實際上似乎並不能真正解除遭受挫折的種種衝動，但替代的各種行動，的確可以減低因基本驅力遭到阻抑而形成的緊張不安。

(b)補償作用(Compensation)：有恆的致力補救某一方面的失敗或弱點而從另一方面力求優越、超過他人。過度補償(over compensation)是補償作用的極致。例如拿破崙矮小、希特勒性萎弱，他們特別追求權勢與專橫以為「補償」。羅斯福總統自幼病弱，卻練拳擊而且獲選為總統。過度補償尚不失為對缺陷的一項有效方法。(見六十六年二月自印本，頁291～293)

心理自衛機轉的適應方式，雖非上策，但仍有助於適應：

1給予我們緩衝的時間去解決問題，否則恐致事態更趨嚴重而造成崩潰。

2讓我們經驗到新的角色和職任，從而教給我們新的適應方法。

3合理化作用，開始探尋各種理由，使我們未來採取合理的行動。

4防衛機能的行為可能對社會有益並具有創造性的。(見余昭「人格心理學」，頁293)

但心理自衛機轉的慣用，將導致挫折者不去學習成熟的眞實有效的行爲方式。

而楊喚近似之，寂寞與憂鬱時常糾纏在身邊，進而有精神官能症的傾向。這種精神官能症，用今日流行的新術語，即是所謂的「小飛俠併發症」。小飛俠原文是Peter Pan，他是英國作家巴利(Jawe Matthew Barré 西元一八六〇～一九三七年)所創造出來的童話人物。巴利在西元一九〇〇年寫了一本少年小說「Tommy and Grizel」，在這本書裡，他提到一本給兒童看的新書，他說這本書是「關於一個迷失了的小孩子的幻想，這個孩子的父母在森林中找到他，看到他在那兒獨自的歌舞，因爲他自己以爲他如今便可以永久做小孩子了；他怕的就是他們來捉他回家強迫他長大成人，因此當他遠遠的瞧見父母來，便更向森林中逃去，此刻他一定仍然在那裡跑著，一面不斷的歡唱，因爲他是永遠做一個小孩子了。」西元一九〇二年所寫的少年小說「小白鳥」(The Little White Bird)中，潘彼得正式現於世，可惜在第八集末了竟遁逃而去。兩年以後，巴利又以潘彼得爲主角，寫一部五幕劇，名爲「潘彼得」(Peter Pan)，又稱爲(The Boy Who Wouldn't Grow up)，並於十二月二十五日在倫敦公演，是作者獻給倫敦兒童醫院的病童作爲禮物的，後即風行於世。而「潘彼得」的演出無形中已變成了耶誕節的一部分。西元一九〇六年巴利將「小白鳥」中第六章擴充爲「克林頓公園的潘彼得」(Peter Pan in Kenrington Gardens)。又過了五年(一九一一年)，巴利才寫了童話「彼得與溫蒂」(Peter and

Wendy)，梁實秋先生譯爲「潘彼得」。出版後，大爲轟動。第二年並建立了小飛俠的銅像。近百年來，這個故事被拍成好幾部電影，有的是卡通，也有的是眞人演的。它的版本除原本外，還有節本、淺本、連環圖等等。在「小飛俠」出版以前，巴利已是當時受歡迎的作家，「小飛俠」出版後，更是譽滿全球，他做過英國筆會的主席，並在西元一九二二年接受英王封爵，富貴榮華，可說是達到了顛峰。

童話「潘彼得」與劇本中的事實與精神無異。「潘彼得」可說是近代宗教戲劇方面的一種大貢獻。這劇旨在表現宇宙間那種永在的兒童精神；所以「潘彼得」就是「永恆」的象徵。這種永生而不長的東西，正是一切原動力。就人生而言，就是兒童時代那種放任的頑耍精神。而潘彼得敢於忘卻這個現實的世界，能永久從頑耍中表露一種永恆的快樂。申言之，「潘彼得」以純想像的筆調，寫出了孩子海闊天空的心境及夢想。同時，也無情的指出，成人永遠無法在精神上，與純眞的孩童取得默契的憾恨，是一部耐人尋思的好書。

小飛俠是永遠快樂的象徵，但是從另一個角度來看，何嘗不是迷思或無家可歸的意思。話說潘彼得在出生的第二天，就像小鳥一樣，能在空中飛翔。他玩了好多天才飛回家。但是，他想：「如果我現在就回家，以後可能就沒有機會再飛出來玩了。」

於是，他輕吻著正在酣睡中的媽媽，然後又飛上天空了。

當潘彼得第二次飛回家時，窗子卻關得緊緊的，並上了鎖。潘彼得從門縫中往屋裡看，他看見媽媽的身旁躺了另一個小寶寶，臉上露出滿足的微笑。自從潘彼得飛走了以後，媽媽每天都等著他回來，可是等了很久，都沒有他的消息，所以第二個寶寶一出生，媽媽怕他再飛走，就把門窗都上了鎖。潘彼得知道自己錯了，但是他不得不再飛上天空。

從此以後，潘彼得沒有再長大，他在天空過著像人又像鳥的生活，所以大家就叫他「小飛俠」，而應用到心理與輔導的理念裡，則指長不大的、不成熟的男人。「小飛俠併發症」是現代人的新術語，現代人的生活壓力成為主要誘發因素。

「小飛俠併發症」不會威脅生命，因為他不是一種生理疾病。可是它會危害到一個人的心理健康，所以它反而比一般的困擾還要嚴重。許多患者常會覺得感情受挫，人際關係笨拙，尤其在他們發現這個社會沒耐心與他們這種人交往時，孤立和失敗的感覺會更加強烈。但是他們不願意瞭解自己為何會那麼糟，而面對這種種問題，他們所能做的只是盡情忘懷。不用說，這樣一定會更糟。

小飛俠在兒童時期就根植了。到了青春發動期，問題才慢慢出現。從十二歲左右至二十歲左右，那些尚未放棄追逐永恆青春的男孩，就會慢慢顯出「無責任感」、

「焦慮」、「孤獨」、「性角色突出」等四個初期症狀。每個症狀都是現代社會加在家庭或小孩身上的壓力。在十二歲左右到二十歲左右的初期，這些患者都有很勇猛的生活形態。一種不眞實的自我會使他們相信他們可以，而且也必須做出其所幻想的一切，然而自戀心卻使他們封鎖在內心世界裡。之後，由於成長的無法適應現實，其生活便產生逆轉。從「我要」變成了「我應該」。尋找別人的認同似乎成爲他們尋找認同自我的唯一方法。他們的情緒會隱藏在自大的面具後面。他們會視別人的愛爲理所當然，但不願意學習如何付出。他們常假裝自己已經長成人，實際上又像個被寵壞的小孩。

從十八歲至二十歲左右，還會出現「自戀」與「沙文主義」兩種症狀，這是從前面四種症狀所衍生出來的。這兩個中期症狀會使問題成形，而導致一種危機階段。在危機期間，年輕人一定會面對玄想、自我畸形發展等問題並予以解決。假如他在這過程中失敗了，很可能陷入「小飛俠併發症」的時間會更長，也許會終其一生。

綜觀以上所述，我們認爲楊喚是有精神官能症的傾向，而其中又以憂鬱反應爲主。這種傾向，用今日流行的術語，即是「小飛俠併發症」。楊喚於民國四十二年十一月二日致康稔的書簡有云：

讀過幾部左拉的書，它們更使我痛苦；在看過小飛俠「彼得·潘」之後，我幾乎想哭了。（見全集下冊，頁445～446）

何以想哭？是感嘆永恆快樂的不在？抑是驚懼於自己的不成熟？

二、楊喚的童話城

由於童年、流浪、工作、病痛、貧苦等挫折，使他採用心理自衛轉機的適應方式，所以在性格上有寂寞、憂鬱的反應傾向，從他書簡的記載資料來看，他是有「小飛俠併發症」的症狀，於是，不期而遇的會見了安徒生、綠原，於是童話城於焉建立。

童話是什麼？
童話不是炫耀，
童話不是雄辯，
童話不是溺愛，
童話是一顆追求想像之美的善良謙卑的心！

童話是兒童文學領域中最主要的一種體裁。由於各人的看法不一，我們很難給它下一個確切明白的定義。有人說它是神仙故事，也有人說它是虛構故事。然而，我們知道每個小孩心裡，都有個「童話世界」，這個童話世界是童話作家一生描繪的對象，兒童讀童話，常會含著會心的微笑，發出驚奇讚美的嘆息。每個發展正常的兒童，每當他四、五歲的時候，他的想像力也就跟著年齡而自由展開了。這時，兒童的世界，是一個單純而神秘的世界。一切的事物，在他們的心目中，是生動的、和諧的、沒有差別的。他們物我不分、萬物同源，他們也常常賦予任何事物以生命。在他們的世界裡，充滿著想像、趣味和感情。

童話是爲孩子而寫的文學作品。這種作品通常有個特色：故事的開始，時常是用「有一次」，或是「很久很久以前」，並且有一個好的結局：「他們以後都生活得很快樂。」

童話的發源地是每個人的「純眞的心境」。

人如果能稍加擺脫生活裡的「現實」，追求生活裡較有永恆性的「眞實」，那麼，「純眞的心境」就會出現，童話也就在他的心裡誕生。

童話的特質是想像，童話世界是一片「純眞的想像」的世界，它是人生的另一面，對每個人來說，童話教育是人生最基本的教育。在童話的世界裡，「不可能」是不存在的。童話裡沒有無奈與嘆息。童話裡，事實長了翅膀，離地而飛，去追求眞、善、美。創造新機械，有創意的藝術，不被污染的善心，基本動力都來自「童話」。兒童在黃金年代不能沒有童話的滋潤，原因就在這裡。

童話是想像的、自由的，在現實的世界裡，我們遵循一定的法則進行思想和生活，但是在兒童的世界裡，現實世界的法則對它的約束力很小，所以它能從現實世界裡獲得自由。這種自由，正是童話世界的構成因素。可是，在重視現實生活的，往往把童話視爲「不可能」、「幼稚無知」的同義詞。

綜觀以上所述，我們瞭解童話的特質在於想像，而所謂的想像特質，概言之，則是：

童話世界。

兒童的意識世界。

兒童的語言世界。

有了這三個概念，我們就比較容易畫出一個現代童話的輪廓，因爲這三個觀念的結合，恰好構成了「童話」的特質。

申言之，林良先生認爲童話世界的構成，是根據「玩積木」的法則。兒童根據自己的創造願望，自由選擇任何色彩、任何形狀的積木，按照任何次序，構成任何建築物。根據力學原則，這樣的建築物有時要倒的。但是根據童話世界的法則，這種建築物永遠不倒的。林良先生在「童話的特質」一文中，說這些童話建築物最常用的有五種積木：

第一種積木是「物我關係的混亂」。孩子和樹葉說話，孩子替蝸牛在牆脚找庇蔭所。這種「物我關係的混亂」，跟詩人的「明月幾時有，把酒問青天」是一個類型，是一種文學藝術上的美。

第二種積木是「一切的一切都是人」。在「童話世界裡」，貓罵老鼠，醜小鴨受家禽的排斥，燕子安慰悲傷的快樂王子；這樣把一切的一切都看成人，並且還安排了這個「人」和那個「人」的關係，是這種積木的特色，亦即是擬人化。

第三種積木是「時空觀念的解體。」現實世界裡，時間與空間是記錄事件發生的良好工具，且備高度的眞實性，但是「童話世界」裡，那種「只有愛爾蘭的古代居民才能親眼看到的小仙人」，會在「有一天晚上」，輕輕落在電視機上面，跟安安說起話來。魔豆一夜之間，就能由地上長到天上。由此可看出「時空觀念」在童話裡已然解體。

第四種積木是「超自然主義」。

童話裡的許多安排，常常是常識上的「不可能」，是自然法則所不能接受的。潘彼得失落自己的影子，是一個例，小女孩替他把影子縫回去，又是一個例；我們知道一個眞實的事件，並不一定能引起讀者的興趣。在童話裡，脫離了自然界的規律性、理則性，而重新塑造了超自然的合理性。這種超自然的特性，是經過想像而始能完成。在童話世界裡，有國王受騙脫光衣服上街遊行，有撒一次謊就長長了鼻子，這些都形成了新的「理性世界」，雖然有時荒謬不合理，但看完後，不得不欣喜其美感和風趣。

第五種積木是「誇張的『觀念人物』的塑造」。

人是複雜的，人的言行常常受現實生活的修正。所以在「現實世界」裡，並沒有「單一觀念」的人物。好吃的人，不會一天到晚狼吞虎嚥。好撒謊的人，不會一天到晚信口開河。但是在童話裡，塑造的往往都是「單一觀念」的人物。這種觀念人物，只有個性，沒有理性，只有觀念，沒有思想。(以上詳見小學生版「童話研究專輯」，頁10～15)

童話世界的構成，可以說是由「現實世界」映現在孩子「意識世界」的結果。孩子的天眞情感，是由於孩子的「意識世界」裡，不但蘊藏「孩子的天眞情感」，同時還蘊藏「孩子的宇宙觀」、「孩子的超自然主義」。簡言之，兒童的意識裡包括有：

純真。
沒有時空觀念。
物我關係的混亂。
想像自由（以上詳見台中師專版「研習叢刊第三集」，頁124）

兒童意識世界，表面平靜，實際卻相當複雜，只有瞭解兒童的意識世界，方能寫作兒童讀物。而寫作時，要瞭解兒童語言世界裡的語言法則。只有熟習兒童的語言世界，方能使兒童讀者讀來親切與感到興趣。是以，所謂的童話，林良先生在「童話的特質」一文裡有如下的描繪：

童話是什麼？
最粗略的說法：
「童話」是描繪「童話世界」的文學創作。
比較詳細的說法：
「童話」，是作家透過兒童的「意識世界」和「語言世界」去描繪「童話世界」的文學創作。

最詳細的說法，也就是這篇文章的最主要的觀念：

「童話」，是作家透過「兒童的意識世界和語言世界」去描繪「經由『透過』兒童的『意識世界』審視『現實世界』，得來的『兒童世界』」的文學創作。

換句話說：作家先透過兒童的「意識世界」審視「現實世界」，得來一個值得描繪的「童話世界」；然後，他從裡面走出來，透過兒童的「意識世界」和「語言世界」，向兒童描繪，或敘述給兒童聽。這樣的文學創作，就是「童話」。

用另外一種方式說：

一個作家，先把自己當作小孩子，假設自己是小孩子，用小孩子那樣純潔的心，那樣天真的眼光，去看現實的世界。他細心體會，忽然領悟出孩子會有怎樣的想法和看法，忽然觸動靈感，獲得了一個「童話世界」，或把現實世界變換成一個「童話世界」。他拿這個「世界」做描繪的對象，用孩子體會得了的觀念，欣賞得到的語文，依自己「特殊的方式」，說給孩子聽。這樣的文學創作，就是「童話」。（見小學生版「童話研究專輯」，頁21～22）

總之，在童話世界裡所閃耀的是：帶著寶石光彩的「可圈可點的胡說八道」與「入情入理的荒誕無稽」。

會飛的彼得，永遠長不大的彼得！

一撒謊，鼻子就會往前長的小木偶！

在荊棘叢裡的古宮殿睡足了一百多年的睡美人！

這些現實世界裡的不可能的事，在童話世界裡卻是一種美麗的存在。

楊喚有純眞的本質，他保持著孩子的純眞、鄉國的熱愛、眞摯的善良而走進童話世界裡，在那兒有現實世界裡不可能發生的事，也有他對童年的憑弔和補償。

今就全集所見「童話」一詞，依其語意加以歸類，以見他對童話世界的嚮往。

㈠指涉「文體」用。做為指涉文體用的「童話」一詞有：

若是一高興，幾個童話也該出籠了。（見全集下册，頁275）

童話最難寫。（見全集下册，頁297）

童話我還沒嘗試過。（見全集下册，頁298）

想寫童話。（見集下冊，頁302）

你說錯了，寫童話，是需要一支美麗纖巧細膩的筆。（見全集下冊，頁305）

還講什麼童話，我是很久沒摸過筆了。（見全集下冊，頁315）

童話我還是想寫的，因為我要為我自己完成這提出了很久的意圖。（見全集下冊，頁315）

一篇童話抑或是一串落到地上可以聽到痛苦的呻吟的詞句。（見全集下冊，頁402）

另外，有用於指詩體者，他稱自己的童詩爲童話詩，而全集也僅此一見：

「幸福草」是一篇敘事的童話詩，我沒有寫完就丟了！（見全集下冊，頁340）

㈡做爲詩題目者。如「童話」（見全集上冊，頁99）、「童話裡的王國」（見全集上冊，頁165）。其中「童話裡的王國」一詩，在書簡另有三次提到（見全集下冊，頁298，300，302），時間是在民國三十九年六、七月間，可知當時正努力寫作中，並見對該作品的重視。

㈢做爲比喻用者。用做比喻，即引申其本義而用之，可見他對童話之嚮往：

美麗的童話和詩句。（見全集上冊，頁55）

焦躁地守候著一個不會到來的童話。（見全集上冊，頁77）

我要騎上從兒童話裡馳來的白馬。（見全集上冊，頁81）

感謝你給我以你的童話的教室。（見全集上冊，頁94）

童話般的夜呀，（見全集上冊，頁107）

是童話裡白馬的騎者吧！（見全集上冊，頁121）

美麗的童話一樣美麗的島。（見全集上冊，頁133）

小弟弟騎著白馬到童話的王國裡去了。（見全集上冊，頁165）

是童話一樣美麗的，美麗的寶島。（見全集上冊，頁176）

我愛童話，我永遠愛它。（見全集下冊，頁292）

但是它卻沒有一把能打開我的心和打開童話裡天國的門。（見全集下冊，頁393）

一如童話裡的一把金鑰匙，你的來信打開了我塵封許久了的靈魂的窗扇。（見全集下冊，頁394）

因為我怕你迷失於那童話中巫者的魔城。（見全集下冊，頁416）

三、童話城的守護神

楊喚在面對種種成長的危機時，曾熱愛讀書，投入求知，在浩瀚的書海中，他發現了安徒生與綠原，於是他走進了童話城。而安徒生與綠原就成爲楊喚童話城的兩位守護神。

㈠安徒生

從書簡中我們知道安徒生對楊喚的影響。我們可以說楊喚一生就生活在「童話世界」裡，心裡住著一位安徒生，喜歡安徒生，受安徒生作品的影響很深。

安徒生(Hans Christian Avdersen，一八〇五～一八七三)，西元一八〇五年四月二日，生於丹麥芬菌島上的奧登賽鎮，即是北歐古老而美麗的城鎮之一，也是最引人遐思的地方。

安徒生出身於貧困的家庭，父親是個補鞋匠，母親靠替人洗衣服來貼補家用。他童年最大的快樂與安慰是書本。父親經常唸故事給他聽，例如「天方夜譚」中的故事及一些劇本之類，安徒生在上學之前，早就耳熟能詳了。此外，祖母也常講些丹麥古老的民間傳說、故事，是當年安徒生和他父親假日拜望祖母時，得到的回報與撫慰。

安徒生在十四歲父親去世以前，生活的重心完全在家中。安徒生小時候，營養不良，個子又瘦又高。他穿的木鞋和打補釘的衣服，常是村裡孩子們取笑的對象，那些孩子說他笨手笨腳，不願意跟他玩。因此，安徒生的童年，除了與書本爲伴外，可說就是獨自待在自己的小天地裡度過，他經常獨自前往森林遊玩，專心而好奇地觀察鳥獸、花草、昆蟲。父親爲他雕刻的木偶成了他的良伴，他經常沉緬在幻想中。他常常獨坐默想，把那些有生命和無生命的手杖和器具、鳥獸、昆蟲、樹木、花草，都幻想成他遊戲的伴侶。他們都能說話、唱歌和跳舞……，這就是安徒生童年的童話世界。

就在父親逝世的那年，他決定去首都哥本哈根尋求機會，在困苦和失望中奮鬥了三年，直到西元一八二二年，時來運轉，得到皇家劇院院長柯林(Chancellor Joner Collin)的幫助和介紹，獲得一筆獎學金，使他得以進入哥本哈根大學，於是他有系統的閱讀了許多北歐古典名著，他的前途才漸漸的展現了光明。

當他二十八歲的那一年（一八二八年），唯一的親人——母親——在家鄉病逝。他在哀痛之餘，不顧一切的埋首寫作。

安徒生的一生，就像他自己的童話一般，吃盡了各樣苦痛，嘗盡了種種辛酸，最後，苦盡甘來，才領略了成功、勝利的滋味，令與他同時的國王、王后、學者、詩人、藝術家們，都以能見他爲終身光榮。

安徒生終身未婚，也從來沒有過一個眞正屬於他自己的家，他四處飄泊，把心中對眞理的愛，毫無保留地向世人播撒，有如被上帝派遣到人間的使徒，孤獨但勇敢，寂寞卻勤勉。他較格林兄弟稍晚時候出現，成就卻又過之。因爲他不只筆錄童話，他更創作童話，以取悅兒童，他是童話之父。這個世界假若沒有他曾經來過的話，孩子將不知要多寂寞乏味呢？仔細研讀安徒生的作品，會讓人發現，他對兒童的本性，有很好的把握，許多地方，都可以體會出他對童心稚情的充分領略，像是把他自己的童年，呈給讀者了。此外，他以寫詩的筆法來創作文字，他的童話裡，另有股清新、震撼人心的力量，既善於重述一些古老的民間傳說，又懂得將新生命注入舊文體的技巧，造詞新穎、人物突出，在他的故事裡，你可以看到哥本哈根古舊的瓦房，也同時可以認識了德國、瑞士及西班牙的陽光，他帶你到葡萄牙、荷蘭、威尼斯、羅馬、巴黎，也讓你嗅到埃及、波斯和中國的氣息。朱傳譽先生於「童話的演進」一文裡，認爲安徒生童話的特色有：

1 富創造性。
2 有偉大奔放的空想，把東洋的豐富幻想，希臘藝術的壯麗，北歐神話的偉大，和基督教的理想合併為一。
3 有纖美透澈的情緒，這是他自己性格的反映。
4 卓越的文章和輕妙的幽默，他能夠把孩子直截簡明的語法，加以靈活的運用。
5 歌頌信仰和愛的勝利。（見小學生版「童話研究專輯」，頁53）

在美國稱這種具有安徒生風格的故事，就叫做「想像的故事」。

從安徒生以後，童話步入黃金時代，各地、各國都有人在整理舊有的童話，並嘗試創新的童話。西元一九五六年，國際兒童文學會爲了紀念安徒生的成就，以及他一生爲兒童所作的努力，設立安徒生獎，每兩年頒給一位在兒童文學上有卓越貢獻的人，而沒有國籍、性別的限制。

安徒生童話的結局多悲慘，孩子可能不太喜歡，而對大孩子的楊喚，可能有與我心有戚戚焉之感，況且就童年而言，楊喚與安徒生有相似的心路歷程。而安徒生的幸運與苦盡甘來，亦當是他所認同且期許的追求目標。最重要的是由於童年的不幸，使他們對快樂的孩童生活，始終有著熱烈的渴望。因此，他以小飛俠的心態走進了安徒生的童話世界。他「感謝」（見全集上冊，頁93～94）安徒生，他以愉快的心情再三的去看「安徒生傳」的電影，而最後亦死於趕赴一場「安徒生傳」的勞軍電影途中。

㈡綠原

從楊喚的著作裡，我們找不到綠原的名字。綠原與楊喚之間的關係，首見於民國四十九年「幼獅文藝」二、三月合刊本（即十二卷二、三期）上「天才詩人的解剖」。作者是斯泰斗，他認爲楊喚的詩並非完全獨創，而是模仿綠原。而後，綠原與楊喚的關係始漸成立。

對於綠原的生平資料，此地知曉有限。西元一九八六年四月份「香港文學」十六期，有陳嘉農「那些音色悲慘的歌」一文，論述「七月詩叢」時期的綠原，試引錄前二段如下：

> 綠原是中國四十年代詩壇所謂「七月派」的主要詩人之一。「七月派」一詞的來源，乃是中國抗日戰爭期間，有一些詩人的作品發表於胡風創辦的「七

月」文藝刊物上而得名的。不僅如此，他們的作品後來又收入胡風所主編的「七月詩叢」。「七月」雜誌誕生於一九三七年十月，停刊於一九三九年八月，是一份以戰鬥性文學為中心的文藝刊物；「七月詩叢」則出版於一九四二年之後，是當年國防文學的代表作品。一般詩評家或文學史家，往往把一些與「七月」或「七月詩叢」有關係的詩人稱為七月派。因此，用最鬆懈的說法，七月派便是橫跨三、四十年代之交，以胡風為中心，以戰鬥詩為主調的一個詩人集團，縱然這個集團並不是一個很有系統的組織。

然而，綠原的作品卻從未在「七月」上發表過。他之所以被歸入七月派，主要是他的詩曾經發表在胡風的另一份刊物「希望」；後來他的詩集「童話」也列入「七月詩叢」。綠原的另一冊詩集「又是一個起點」，在四十年代末期出版時，也被胡風收入「七月詩叢」之中。以詩的風格來說，綠原的「童話」在「七月詩叢」之中是比較特殊的，因為他使用的文字並不顯得粗獷、豪放，與當時吶喊式的戰鬥詩全然不同。他的詩風較為柔弱，帶著一股淡淡的悲哀。不過，在詩史上為了方便討論起見，他總是被認為七月派，綠原本人也不否認自己也是此一流派的一個成員。（見頁70）

民國三十三年，綠原曾在國民政府主持的「中美合作所」工作過。民國三十五年，在上海加入胡風原本在戰時大後方就已經成立的「希望社」，勝利後的上海，一時成爲文壇的中心。

綠原在四十年代的詩壇上自有不可忽視的地位。他雖然爲胡風所倚重，爲「希望社」的評論家們所吹捧，但綠原作品之所以能站立起來，乃是由於其作品中的藝術品質，而不是因爲偶然的機緣和際會。

由於綠原是胡風集團的一員，且在國民政府做過事，因此五十年代中共內部展開瘋狂的整肅時，綠原也沒有躲過被鬥的命運，他日後遭遇之坎坷，遠比他早期的詩歌還像一支悲歌。直到八十年代初，中共十一屆三中全會以後，「胡風反革命案」才得到了平反。而七月詩派也終於作爲出土文物被發現了。綠原並與牛漢合編一本二十人集「白色花」，這本詩集實際上帶有平反的性質。民國七十二年並有全部詩作選集「人之初」的出版。綠原並於民國七十五年初到香港參加中共書展。

綠原出版過三本詩集。一是「童話」，共收二十首詩，於民國三十一年由「希望社」在桂林出版，列入「七月詩叢」。另一本是「另一個起點」，民國三十六年出版，也被收入「七月詩叢」中，該詩集收錄民國三十四年八月十三日至三十六年五月的作品，其中收有七首長詩。另外有本「集合」，收錄民國三十八年之前的作品，這本詩集是三十九年以後才出版的。

四十年代的詩人，由於政治色彩太濃，在當時雖能轟動於一時，但時過境遷，去掉了當時的社會因素，就會察覺他們作品中的藝術品質極爲貧弱，大部分詩人在純詩的角度上來看已站不住脚。綠原就不如此，他的詩唱出童年的幽怨、輕愁，和無知。他的詩流溢著一種年輕人的夢幻和憧憬，語言清澈、節奏明快，沒有三十年代上海現代派文人有氣無力的個人調子，也非那種搥胸頓足聲嘶力竭式的歌哭吶喊，而是流麗自然的天籟。他的詩輕快而不虛浮，哀樂而不淫，有稚子之心，有天眞之情，在中國新詩之聲裡是一支牧童的短笛，不時洋溢著鄉野的氣息。

綠原的詩風，可以用早期的兩冊詩集來說明。「童話」的聲音近似抒情，其中的哀嘆多過抗議；「又是另一個起點」的作品，卻誕生於抗日戰爭結束到中國內戰初起之間，憤懣與吶喊是詩中的主要色調。比較起來，前者的詩質精練簡潔，後者則近於散文的分行，清澈一如透明的水。

從藝術的成就來看，「童話」是可以獲得肯定的。這本詩集是綠原少年時期創作的總結。所收作品，大致不脫個人的哀傷與時代的創痛。因此，一方面帶有浪漫的狂想；一方面也有著日後走向現實的預告。詩集的名字雖叫「童話」，但並不是童話詩，更沒有童話的題材。至於何以「童話」命名？或許那是出於詩人的謙卑，自認作品仍屬稚嫩，所以就稱之爲童話。

綠原的詩早年由於戰亂作品散失的關係，影響面並未廣及更年輕一代的詩人。然而，這條寬廣的路，卻由楊喚帶到台灣，並爲台灣兒童詩歌播下品質優良的種子。

綠原唱出楊喚的心聲，於是楊喚也用詩的形式來抒發他的寂寞與憂鬱，從現存他最早的長詩「我喝得爛醉」（見全集上冊，頁47～52）看來，就有了綠原的影子。這首詩大概寫於民國三十七年夏天，當時他旅居青島。最後試引瘂弦在「濺了血的『童話』——綠原作品初探」一文裡的話，以見綠原與楊喚之間的血緣關係：

> 讀者讀了綠原的詩，一定會把楊喚聯想在一起，關於楊喚深受綠原影響一節，自是一個饒有趣味的論題。在文學創作上，因襲和摹倣自然是不同的，不過作家與作家之間彼此的影響，有時候也很難絕對的涇渭分明，即在我國古典詩裡，這種例子也屢見不鮮，兩個雷同的句子，常常成為作家與作家間比較研究的材料。筆者以為作者相互的影響有兩種情形：其一是字句上的因襲，其二是意念上的因襲。一般人每每僅從字句上去考察某某人的影響，並不知意念上的因襲，較之字句上的因襲更值得討論。如現代文學中T.S.艾略特的「荒原」，此詩之重要性不在於詩中的字句如何如何，而是在於此詩所展示

的精神背景（意念）。不過，在文學史上，批評家對一個新的題材的出現，雖然提及開其先河的人，但更高的讚譽，還是給予那些把這種題材發展到顛峰的人。不可否認的，楊喚是受了綠原極為強烈的影響，不管在精神背景上，在字句上，楊喚的火種均來自綠原，這是很明顯的。不過我覺得在某些地方，楊喚幾乎是青出於藍而勝於藍，他自有其超越綠原的獨特發展，像「詩的噴泉」這一輯詩，其藝術成就便在綠原之上。我曾把這個看法說與楊喚生前的摯友葉泥先生，他也贊同我的觀點。但是，不容諱言的，楊喚的某些句型是太像綠原了，像到接近摹倣和抄襲的剃刀邊緣！十多年前斯泰斗先生在「幼獅文藝」上寫過一篇「天才詩人的解剖」，讀者可以看出二者在句法上的異同。另一方面，我們必須要認識的一點，就是楊喚在寫「風景」時，不過是十九、二十歲的少年，在那樣年齡的作者往往是感染力最敏銳、摹倣性最強、而排斥外來影響能力最弱的，如果楊喚不英年早逝，我們可不可以試著想像一下，三十五歲或四十五歲的楊喚作品中會不會還有綠原的影子？在二十幾歲時，筆者和跟我年齡相若的詩友們也都曾受到三、四十年代前輩詩人的影響。我早期作品中便有綠原風格的感染，當時是無意識的，今我重讀綠原後才為綠原的一些表現手法，竟在我的早期作品中出現而吃驚。（見洪範版「中國新詩

研究」，頁95～96）

四、童話的精神

童話所呈現的是一個具有傳奇性和完美性的想像世界。在這個世界裡，時空觀念解體，它沒有明確的時間限制，故事的開始多是「從前」或「很久以前」，也沒有明確的地點，它是一個不合邏輯的世界，例如仙子、法師、小精靈，和可以把人類變成野獸，使人長眠；或沒有生命的東西會有思想，野獸會用人的語言說話等。對現實世界而言，它是一個不眞實的世界：因爲任何困難的問題都可以用魔法解決，所以在童話世界裡沒有眞正的問題存在，它的結尾總是圓滿的。它是個想像的世界，也是個理想的世界，更是個眞善美的世界。所以：

童話是反映童心的世界。

童話的世界是一片純眞的世界。

童話的發源地是每個人的「純眞的心境」。

童話是人類的「天眞的願望」。

童話裡有一切萬物的人性。童話的可貴，童話的值得讀，童話之所以能吸引千千萬萬的兒童和成人，主要原因就在這裡。

童話能使你在現實中清醒，而且騎上那古老的想像的神鷹的背。它使你的「天眞」恢復了活力，使你自由飛行在現實中，使你現實裡有一種純眞的願望。

總之，這種萬物皆具人情的永恆的純眞，即是所謂童話精神。童話精神更是「眞」、「善」、「美」的具體表現，從教育的觀點看，眞善美是一切教育目標的總和。教育的功用，就是在教人求眞、求善、求美，眞善美的總合體便是「健全的人格」。童話的精神是發揚「眞善美」，用以陶冶兒童健全的人格。喪失了童話的精神，即是喪失了一片純眞，同時也就喪失了我們對人生，對這個世界的「純眞的願望」、「純眞的關切」、「純眞的同情」，而所謂的「善」「美」更是渺茫無蹤。

在想像神鷹不再離地起飛的時候，這個世界就會進入永恆的黑夜，不會有眞善美，亦不會有理想。

這種童話精神，亦即是所謂的特性。林守爲先生於「童話研究」一書裡，曾認爲童話具有下列五項特性：

一遊戲性　童話是為小孩子而寫的。小孩子時期是遊戲的時期，小孩子的生活是遊戲的生活；他們視閱讀一事亦為一種遊戲。童話為適應與滿足兒童此一需要，故其中充滿了遊戲的樂趣。

2想像性　蘆谷重常說：「童話是為了適應兒童的想像力而作的。」而童話一詞，依德文的解釋，是：「童話係出自想像力而成之故事。」……童話為適應兒童的想像力，必須依藉想像力來製作和完成。如此出自想像力而成之故事，必多詼諧，必多趣味。

3包容性　……，時間既不加限定，空間也不加限定，人物也不太加限定：一切都不呆滯，都不拘束，都不限制，這就是童話的包容性的表現。在童話中，就人物說，不論人、獸、鳥、蟲、草木、星球、山川、風雲、用品、玩具……無不可以登場表演；就場所說，不論太空中、抽屜裡、龍宮、鼠穴；樹顛、草根；夢境、世外桃源……都是表演的舞台；就時間說，不論太古或現在或未來，都可以作為表演的背景；就形態說，不論美的、醜的；真的、偽的；大的、小的；方的、圓的……都可被採用，都可一齊存在。所以童話的世界是非常寬廣的，包含了一切、網羅了一切。

4單純性　童話的包容性，可能使人會以為它是紛歧複雜的，事實卻完全相反，童話中被要求著：嚴格的統一、嚴格的單純。雖從表面上觀察，似這兩者——既包容一切又要求統一單純——不能並存、不能相容，但事實上，它們卻相輔相成，一點也不矛盾。在童話中，有一種基本精神——博愛，一種基本德行——和善，一種基本旋律——優美，一種基本情調——天真，一種基本形式——完整，一種基本效果——喜悅。任何國家、任何民族、任何時代的童話，都為這基本的精神、德性、旋律、情調、形式及效果所統一，故能受全球的兒童——不分國籍、不分膚色、不分今昔——所一致歡迎。

5喜劇性　為求達到其預期的基本效果，為求使兒童得到歡笑與輕鬆，童話中充滿了喜劇的意味，不僅童話的結局是喜劇式的，童話中的那些奇特的人物，也是喜劇式的，甚至情節的設置、動作的描繪，對話的安排，也都發揮了喜劇的效果。(見七十一年五月三版自印本，「童話研究」，頁13～14)

楊喚在短促的一生，充滿了痛楚、饑餓、流浪、窮困、疾病，而仍能高唱並實踐愛與戰鬥的歌聲，憑藉的就是這種童話的精神。憑著那股萬物皆具人性的純眞，去追求他的理想。他說：

我記得曾不衹一次的和你說過，我說：友誼、愛情與詩是我生命的三個扶手。(見全集下冊，頁403)

在他的生命裡，表現了一個尋求愛、追求文學、渴望知識的熱烈生命。他一直保持著孩子的純眞、對鄉國的熱愛、眞摯的善良。甚至在窮得連包最便宜的香煙都買不起的日子裡，仍然忙於「吹響迎春的蘆笛，拍發幸福的預報，採訪眞理的消息，把生命的樹移植於戰鬥的叢林，把愛發酵的血釀成愛的汁液。」（見全集上册，頁157～158）

他具有古樸單純的人格，他看到花、草、樹木，也看到螞蟻、老鼠。他可能：

> 對著窗外欲雨的雲天，我的心呀飛過山海，輕輕的飄落海灘，化做點點漁火，遙遙沖入寒煙。祝你夜來枕上沒有可厭的夢魘的煩擾，看見那些因快樂而跳舞的星辰向你道聲：平安！（見全集下册，頁396）

可是，他看不到自己猶如小飛俠無家可歸。無家可歸的小飛俠，可以再飛上天空，而他卻只能重返塵世。於是「現想」與「現實」之間有了衝突，而後他有了「小飛俠併發症」。那種「純眞」的本質變成一股強烈的驅策力量，這種理想與現實的衝突彼此相擊，生存有苦悶，戰鬥有苦痛，而後人生才有了價值。我們可以說人生的深遠意義，事實上在於兩種強大力量相衝突而生的苦悶與懊惱，也就是這二者的產物。

楊喚的純眞,更是他生命的表現,也是個性的表現。這種純眞即是「生之喜悅」。這種生命力的顯現，有超脫利害的觀念，離開善惡邪正的評價，脫離道德的批判和傳統的束縛，他要返璞歸眞，重尋童年與家鄉，並建立個童話世界。

可是現實的社會實在太複雜了，人無能脫離社會，因此必須服務各種的社會規範。從我們體內所湧出的個性慾求,無可避免地,必須不斷地接受各種壓迫和強制。

這兩種內在理想與外在壓力的衝突與糾紛，都是古往今來人類曾經體驗到的痛苦。雖然往往因時代趨勢、社會組織和個人性情、境遇之不同，而有大小強弱之別，但從原始時代到今天，幾乎沒有不被這痛苦所苦惱的人。然而，除自殺之外，人們總是採用各種適應方式，企圖擺脫壓力。

日人廚川白村從心理分析的觀點認爲文學是人類各種生存活動中，唯一絕對無條件、純粹的創造生活的世界，進而肯定文學是苦悶的象徵。他說：

在心中燃燒的慾望被壓抑作用的監察官所阻，其間所發生的衝突與糾紛，造成人類的苦悶。如果這慾望之力能脫離監察官的壓抑，以絕對的自由表現出來時，那就是唯一的夢。那麼，在我們一生所有的其他活動中——亦即社會生活、政治生活、經濟生活、家族生活中，我們能從經常受到內在和外在的強制壓抑中解脫出來，而用絕對的自由，實行純粹創造的唯一生活，這就是藝術了。我們能從生命根源發出來的個性之力，宛如噴泉般地發揮，只有在藝術活動中才能做到。像春天一到，草木萌動、禽鳥嚶鳴似的，被不可抑止的內在生命之力激發，作自由的自我表現，這就是藝術家的創作。慣於用科學眼光來看萬事萬物的心理學者以為這是「無意識」，其實大且深的「有意識」的苦悶，早已潛伏在心靈深處的殿堂裡。這苦悶只有自由的絕對創造生活中被象徵化後，才能成為文藝作品。(見林文瑞譯，志文版「苦悶的象徵」，頁29～30)

經過痛苦而完成作品時，其喜悅猶如母親生產後一般，當自己完成了自己生命的自我表現慾望後，作品也有脫離壓抑作用而得到創造勝利的歡喜。然而，這種舒解，可能是片刻的，現實的壓力仍會接踵而至。是以楊喚終其一生陷於寂寞與憂鬱之中而不能自拔，他執著自己所選擇的適應方式——心理自衛機轉。於是，他忽略了日常生活的定俗成規。但是，他無意遷就自己，迎合現實。歸人在「憶詩人楊喚」一文說：

在他生前，我常常向他這樣說：「在文學的王國中，你是最大的富翁，最智慧的寵臣；然而，在人生的大道上，你卻是一位最命蹇的敗兵。」（見光啟版「楊喚詩集」，頁153）

於是，他寧可走進童話城。歸人說：

因為他的童年是萎謝的，是悽慘的，所以，他對童年常寄以美麗的夢想。這促使他在童話詩及童話的寫作上，有了絕大的成就。（見光啟版「楊喚詩集」，頁146）

又覃子豪在「論楊喚的詩」裡也說：

他憧憬著「童話裡的王國」。因此，他感謝安徒生，安徒生使牧豬奴成為一個戰士，而使他「從農場裡出來的醜小鴨」，「生出一對天鵝的翅膀」。（見全集下冊，頁511）

在童話世界裡：
有田野、有森林、有河川，
有騎在蝴蝶背上的小姆指！
有從餐盤裡跳出來，背上擱著一把餐刀，搖搖擺擺，直向賣火柴的女孩走來的烤熟的「八寶鵝」！

在童話世界裡，有現實世界裡不可能發生的事，在童話世界裡卻是一種美麗的存在。這種「美麗的存在」的「純眞」，就是所謂的童話精神。這種童話精神，在現實的社會裡，是種不良的適應方式，可是它卻具有創造性。疾病和痛苦，有時正是促使人變成創造者的外力。孫慶餘在「天才與精神疾病」一書的譯序裡說：

作者從臨床資料中發現，精神疾病，尤其是精神官能症，並不像一般人所以為的，只是精神上的失常，其人格也大有「建設性」的成分在內，只要一個患者不斷善用他的「疾病驅力」，他便能成為偉大的創造者。就藝術生命的不朽來看，一個人的「正常」與否，是完全無損於他對人類卓越貢獻。（見景象版「天才與精神疾病」，頁8）

總之，童話精神是他的文學的特質所在，也是他痛苦的根源。又就文學作品而言，在他的童詩裡，最具童話精神。是苦悶的昇華與象徵，在童詩裡沒有寂寞與憂鬱。反之，他的書簡，則完全是苦悶的宣洩。但在宣洩之餘，仍有許多童話精神在，尤其是那些優美的想像，試引錄如下：

春天，是有花的季節，看花的季節。流落的人什麼也沒有啊！像瘖啞的手風琴，像風鏽了的鈴子。

島上傍晚是美麗的，願你不要放過了它。替我多拾幾枚美麗的貝殼吧，因為我永遠有著這樣的幻想：月光，銀色的海，藍色的海，美麗的美人魚，美麗的星子，紅紅的燈籠，紅紅的珊瑚。

唱歌，我每天都唱，我每個時候都唱，用嘴，用手，用脚，用我能發洩愁苦的一切而唱，發狂了似地，傻了似地。你的詩，我看了，什麼也不是，我不知道你說的些什麼？

近來我想的很多，多是不著邊際的夢。

海，憂鬱的海，你是一隻海燕，還是一尾魚？（見全集下冊，頁284～285）

又：

燈，是溫暖的，尤其是在雨夜，這燈下的一片寧靜，凌亂的雨滴也敲不碎，擾不亂。為自己拓下幻想的天地吧，在這裡你可以任意徜徉，任性歌唱，給你自己採擷更多更多的花朵。

今夜，這落雨的夜，從寂寞裡拉出我自己。燈下我描畫一張藍天和幾片雲朵，我的想念和希望在奔馳了，一似搖亂纓鈴的野馬……

夜，荒涼的夜，雨滴淒然而落，我遙想雨的海上，雨的山谷，雨的綠原。做一個忠實於你的熔鐵匠吧，捶打你自己，捶打你自己，沉重的錘子，灼熱的火焰。

有風吹敲窗櫺了，雨還是在落。明天也許是一個有太陽的晴天，祝福你今夜枕上有一支安詳的夢。

再來信，請你為我畫出你幻想的海上夜，紅紅的珊瑚，銀子一樣的月光，鮫人的羽衣。你能畫出海的聲音嗎？唉，這些我熱戀的，一如我愛的那個大眼睛的女孩子。

說真的，現在我想有一個妹妹，你呢？（見全集下冊，頁293）

又：

我曾這樣譬喻過我的寂寞，我說：「我像一個失落在荒島上的水手，面對著向晚的天邊，海鷗棲息了，游魚潛沉了，滿眼是海水，浪花；滿耳是風聲和濤聲……」（見全集下冊，頁331）

又：

海，我懷念的海，是它告訴我許許多多的幻想。家鄉是濱海的小城，貝殼是我童年王國裡的金子。沙灘是我舒適的床。銀鷗和白帆是我飛過萬重山，航過千道水的美麗的希望。（見全集下冊，頁295）

又：

有鳥唱像一串珠玉，從青空墜下，在我心頭跌碎了。有小風從窗口伸進手來，輕輕地牽引著我的感情。在這樣明亮的日子，我想起家鄉的春雪……

（見全集下冊，頁340）

又：

今天又是艾葉青青的蒲節了。兒時的記憶雖然使我嚮往，終於也遠了，就像那失去了光彩的條條絲縷。「海呀！我想化為一隻水鳥，永遠飛向你！」海的脈搏，海的呼吸，在今天，在我被扭曲了的時候，便不禁懷戀起那勃壯的力。康稔，到海邊去吧！到海邊去讀我這封信，到海邊去呼喚我，也呼喚你自己：「喂，喂，你們走在那裡？」（見全集下冊，頁403）

至於新詩，覃子豪在「論楊喚的詩」裡認為最值得讚美的是：

最值得讚美的，應該是楊喚作品中優美的風格罷。他表現思想，而不故弄玄虛，表現意識，而不流於枯燥無味的說教，他表現戰鬥情緒，不是迎合，是自己心靈的需要。他的詩，格調新鮮，但不歐化；音節諧和，但不陳舊。其形象生動，比喻深刻：在「鄉愁」中的「高粱的珍珠，玉蜀黍的寶石」，「老

> 榆樹上的金幣」，在「檳榔樹」中「星的金耳環，月的銀梳」，在「二十四歲」中，以白色小馬比喻其健壯，以綠髮的樹比喻其青春正茂，以微笑的果實比喻其豐盛的情感，以海燕的翅膀比喻其活潑。而「小馬被飼以有毒的荊棘，樹被施以無情的斧斤，果實被害於昆蟲的口器，海燕被射落在泥沼裡。」詩人楊喚所遭受的痛苦全被這四行詩深刻的表現出來。詩人喟嘆：「Y．H．！你在哪裡？」是必然的。這些形象和比喻，就是詩人楊喚天才的表現，令讀者驚嘆。（見全集下冊，頁512～513）

覃子豪所謂「優美的風格」，一言以蔽之，即是童話精神。就是「詩的噴泉」也是如此。而令人遺憾的是他這種童話精神，竟然未能用力於童話的創作。

總之，楊喚文學的特質在於童話精神。這種童話精神，簡言之，即是安徒生的精神。有關安徒生影響之說，我們可以從書簡中得知，而紀弦在「楊喚的遺著：風景」一文裡，亦已肯定這種安徒生的精神，該文說：

> 這位好心腸的丹麥老人，給與楊喚的影響是非常之深的。安徒生的童話，對於楊喚自幼受了巨大創傷的心靈，實不啻一種救濟，一種止痛藥水，或一

種宗教的安慰。楊喚除了寫他的抒情詩之外，還常常為兒童們寫一些童話詩，並且十分的成功。不消說，這是心理學上一種「補償」的行為。由於他本人從小得不到母愛的滿足，因之他特別喜愛兒童，喜愛童話。安徒生之所以成為他的良師益友，自然是有道理了。其實不僅是在他的童話詩中，甚至在他的寫給成人看的抒情詩裡，我們也可以隨處發現安徒生的影響。而他的童話詩之美麗和有趣味，又不只是對了兒童的胃口，就連成人看了也很過癮的哩。

（見四十五年十月大業版「新詩論集」，頁122～123）

五、圍城心理

「圍城」是錢鍾書一本小說的書名。書名本身即是主題。「圍城」主題非常明顯，作者在書中已明白地指出：

慎明道：「關於蓓蒂結婚離婚的事，我也跟他談過。他引一句英國古話，說結婚彷佛金漆的鳥籠，籠子外面的鳥想飛進去，籠內的鳥想飛出去：所以結而離，離而結，沒有了局。」

蘇小姐道：「法國也有這麼一句話。不過，不說是鳥籠，說是被圍困的城堡(Fortresse Assiegee)，城外的人想衝進去，城裡的人想逃出來。鴻漸，是不是？」鴻漸搖頭表示不知道。

辛楣道：「這不用問，你還會錯麼！」

慎明道：「不管它鳥籠罷，圍城罷，像我這種一切超脫的人是不怕圍困的。」（見文教版，頁84～85）

「你真愛到三閭大學去麼？」鴻漸不由驚奇地問，「我佩服你的精神，我不如你。你對結婚和做事，一切比我有信念。我還記得那一次褚慎明還是蘇小姐講的什麼『圍城』。我近來對人生萬事，都有這個感想。譬如我當初很希望到三閭大學去，所以接了聘書，近來愈想愈乏味，這時候自恨沒有勇氣原船退回上海。我經過這一次，不知道何年何月會結婚，不過我想你真娶了蘇小姐，滋味也不過爾爾。狗為著追求水裡肉骨的影子，喪失了到嘴的肉骨頭！跟愛人如願以償結了婚，恐怕那時候肉骨頭下肚，倒要對水悵惜這不可再見的影子了，我問你，曹元朗結婚以後，他太太勉強他做什麼事，你知道不知道？（見文教版，頁124）

「鳥籠」、「城堡」、「圍城」，是作者錢鍾書給男女婚姻塑造的一個假象，在外面的想進去，進去了的想出來。具體來說，沒有結婚的想結婚，結了婚的又想分手。作者把這種心理傾向，擴大到「人生萬事」。

這種圍城的心理傾向，應該是人類普遍具有的現象，是由好奇與不易滿足的慾望，使得人們奮鬥不懈。因此我們擬用圍城心理的觀點來看童話城裡的楊喚。

楊喚因不易滿足慾望而入童話城。這種的選擇，乃是所謂心理自衛機轉，這種心理自衛機轉雖是一種常見的心理現象，但心理自衛機轉的慣用，將導致長遠不去學習成熟的眞實有效的行爲方式，因爲這種心理自衛機轉在本質皆屬自我欺騙。人不可能長期自我欺騙，除非能把苦悶化爲象徵，否則總有驚醒之時。潘彼得雖是永恆快樂的象徵，但亦有迷失與無家可歸的難言之苦。更何況是寂寞、憂鬱的楊喚，他也曾在嘗試改變自己，企圖突圍而去。

楊喚的圍城心理，可以從他的創作歷程中去瞭解。尤其詩是他的生命抉擇之一，也是他苦悶表達的方式。以下試以楊喚詩創作的歷程，以見其圍城心理。

㈠**民國三十八年至四十年**。楊喚民國三十八年春天，隨部隊到台灣後，由上等兵逐次擢升爲上士文書，痛苦往事雖然不能忘，但生活逐漸地也安定了，於是開始寫童詩。民國三十八年至四十年，是他寫童詩最努力的一段日子，讀書也甚努力，他把對童年和故鄉之苦悶化爲童詩，在民國四十年初仍對兒童文學有所憧憬與期望。可是這種的憧憬與期望在民國四十年底即放棄。放棄的原因，或源於不甘心？或源於不能從其中得到滿足？他於是企圖調整自己的心態。在民國三十九年三月六日給康稔的信裡說：

你說我不是孩子，應該寫些給大人們看的東西，這話也對，但你又怎麼知道我這一顆嚮往於童年的心呢？……（見全集下冊，頁282）

又民國四十年十一月十七日致笑虹信裡說：

近來我打算寫寫詩。當然我不會忘記了孩子們，還要給他們寫東西。不過我不想老是只寫兒童詩。（見全集下冊，頁481）

猶如小飛俠潘彼得，也不願意甘心長期住在幻想國，他必須尋求新奇、刺激。從此，楊喚似乎想掙脫理想的童話世界。他正尋求另一種的表達方式，同時也停止童詩的創作。民國四十二年一月十四日給葉纓的信裡說：

是的，「金馬」是我。可是我很久沒有用這個名字寫兒童詩了。現在由於你們的感動，我很想再試寫一點。但在你們的最公正、最公正的批評沒有給我以前，我還不能寫，我還是不敢寫。（見全集下冊，頁465）

可是，那都已成過去。

㈡**民國四十一年到四十二年底**。楊喚的改變，是否是成熟的表示我們不得而知，但從遺著裡我們可以看出他一直在開拓他的友情領域，而新增的年輕朋友，則更具刺激性。來台後，他或多或少仍在寫新詩。後來，民國四十一年四月，與詩人李莎結識，這對楊喚的寫作，頗具影響力。他因爲李莎而與當時的詩壇搭上關係，開始在「新詩周刊」等園地發表新詩。此後，童話詩則幾乎不大寫。年輕的友誼總是帶給了他活力，民國四十年四月六日給康稔的信裡說：

就是在這幾天，我將振作起來一點。這是因為我的寂寞和憂鬱因為和幾個年輕的朋友的相處而解脫了，驅散了一大半的緣故。（見全集下冊，頁337）

又民國四十年十二月十日給康稔的信裡說：

正如你說的，我要好好的開始生活了，多讀點書，做筆記。希望你我都不要做「情感教育」裡的那位可憐的福賴代芮克．毛漏！

我從來是馬虎慣了的。就是在這些日子裡，我開始清算了一下我的舊帳。我發覺了自己一直是在怎樣的生活著。又一個年頭又要開始了，但願它是美好的，我也將第一次真正的好好的生活一下。……

我在想：我很快樂，很幸福，因為我有了你們這樣一群年輕而又熱情的好友。我應該善自珍攝這過時不再的青春的時光。嚴肅起來，認真起來，結束過去的慵懶和散漫。因為我回首一望，過去的幾乎全是一片空白。（見全集下冊，頁364～365）

又民國四十一年十一月二十四日給笑虹的信裡說：

我願意，也極其喜歡參加你們的野餐。那是大自然為我們年輕的孩子們而張的盛宴，更何況我不會寂寞，因為將有你們兩個為我作伴。到時候，請來信吧，我在私心默禱著那將是一個最美好的晴天！（見全集下冊，頁496）

其實，在這之前，他和歸人也時時在自勉，他們並非天生就寂寞。民國三十九年四月二十二日給康稔的信裡說：

不要束縛自己，不要虐待自己，我願意有著一份可愛的野性。我討厭你會興起「書劍飄零」的那樣病懨懨的書生文士的喟嘆，你要多認識自己，鑄造自己，提醒自己。（見全集下册，頁291～292）

又民國四十一年二月十二日給康稔的信裡說：

不止幾次了，我和你都曾想「振作起來」，可是終於徒然，就像我的戒煙。（見全集下册，頁394）

然而，面對著年輕的友誼，他有長者的風範，諄諄的慰勉，使他能從其中肯定自己，進而想突圍。

就在這個時候（四十一年初），他喜歡上一位少女，前後長達八個月的時間，他說：「但，衝動的激情，卻是罪過。因爲好多悲慘，好多事故，都是從這裡演出來的呀！」（見全集下册，頁414）如此的激情，自又撩起他從前的種種。

童年，是不可能忘記的。所以童話依然存在，只是他已開始拋棄童話的形式，只存童話精神。在新詩裡，我們可以感覺到他脈搏的跳動，可以感覺到他的喜怒哀樂。就是有名的「詩的噴泉」，亦以童話精神調和抒情與勵志。

㈢四十二年底至去世前。在新詩裡，仍是以對童年和故鄉的憑弔和補償，在詩中仍有對童話世界失落的無奈。如：

貓

凝固了的生活是寂寞的。
妳來了，給我以溫暖的回憶。
妳的同類中有一個是我的好友，
妳和我曾共度童年的美麗。
但，今天，妳的殷勤的造訪是惱人的，
因為他們拒絕再給妳我以
天真的故事，昆蟲和玩具。（見全集上册，頁59）

醒來

是誰投我於這無邊的惡夢？
是誰試煉我這昏眩的痛苦？
像被盛進女巫的黑色的魔袋，
像迷失於叢林蒼莽的峽谷。

是誰冷熄了我的火熱的思想？
是誰扭曲了我脚下的路？
使我呀，折斷了豎琴和歌唱，
使我呀，遠離了我喜歡的風景和愛讀的書。

啊啊，我不知道，我不知道。
直到今天，我醒來，才發覺：
是我錯受了庸俗與醜惡的招待，
用一切去換取慾望的追求和貪婪的滿足。

今天，我醒來，向蒼老的昨夜告別，
跪拜著迎接又一次的考驗，
今天，我醒來，我流下了懺悔的淚，
緊緊地擁抱住一個新的自己，放聲大哭。（見全集上冊，頁65～66）

風裡、雨裡

是誰讓我走進玩具店
（想買一份禮物給我愛的孩子嗎？
可是她不在我的身邊。）
看璀燦的燈火，我有些黯然
一聲嘆息，一聲祝福
都是我獻給妳最美麗的花環
風裡雨裡
我有不盡的懷戀……（見全集上冊，頁73）

風景

我在八月的明亮的早晨醒來，
我在夢見回家的夢裡醒來，
我在
我在美麗的風景裡醒來，
窗外是太陽用金針編織起來的天空，
遠處是綠色的山野和森林和（此詩未寫完——歸人謹註）（見全集上冊，頁161）

除外，又有像「短章」（見全集上冊，頁103、105）、「今天的歌」（見全集上冊，頁121～122）、「春天的告誡」（見全集上冊，頁123～124）等詩的自律自勉。然而，仍未能解除他的寂寞與痛苦，致使他對自己的表達方式產生懷疑，在民國四十二年十一月二十一日給傳璞的信裡（見全集下冊，頁453～456），對詩的觀點與態度，有詳細的說明。同時，我們也可以從書簡中看他自省與共勉的歷程。民國四十一年十一月十七日給笑虹的信裡說：

現在，為了一個感召，一個啟示，我每天起來的很早（那是一個同事做了我的催眠鐘，是我拜託他的）。在別人還都安於早晨那一段甜睡的時候，我們便悄悄地洗過臉，迎著涼意侵人的晨風，到公園那座水池邊去看那噴水。那時候公園裡還留著昨夜的寂靜，喜歡伸腰拉腿打太極拳的人們還都沒有來。我就看著那噴水，像珠玉般落在地面；聽那噴水，像雨般響在池面，也落在和響在我的被憂鬱給侵蝕了的心上。於是，明亮起來，躍動起來，心頭上抹上了快樂的甜蜜。一些不清潔的什麼，都被那日夜不停的噴水給洗掉了。

還是跟你說過那樣，我不再「殺時間」，我擁抱住它了。雖然它還是以聽不見的聲音在人生的河床上流過，可是我畢竟又再是兩手空空了。我已經握起一支槳，解開了我的船。（見全集下冊，頁480～481）

民國四十一年一月三十一日給康稔的信裡說：

多謝你珍惜我的「禮物」。如此說來，我也並不寂寞了。因為，雖然在這裡被人遺忘，而在遠方卻有著可感的友人的關懷。是的，我們要做一對永遠親愛的兄弟！我們的心和肺都連在一起。（見全集下冊，頁387）

民國四十一年八月十五日給康稔的信裡說：

不管你是否同意我所主張的那些，現在我想這種辯論該讓它「讓禪」了。我最關心的還是你是否能肯多做一番「省察」的工夫。意志是可以培養的，所以，我已經收拾起「無計劃的飄泊」，開始了「沉思試驗」。你知道：人生最大的痛苦莫過於內心的衝突，是人格之不統一，各個性質不同的慾望、衝動、情操、目的，彼此傾軋、互爭雄長。個人修養的極致，就是一個統一與和諧的人格。我不再說你或我是否幼稚。現在只能請你做一回「沉思試驗」，用腦袋去想一想。假如你真的有所謂統一與和諧，那你就絕不會被那些煩擾你的一切所苦，因而頓足搥胸，涕泗交流，頹喪悵惘。當然，十全的至美，是可望而不可即的。但有誰反對你向這條路上推進呢？（見全集下册，頁406）

民國四十一年十月二日給康稔的信裡說：

日來總酣於讀書，以一種炙人之痛的哲學的焦慮拷打自己。我在忙於粉碎這一個我，歡迎另一個新的自己。雖有時不免怯步，幸好還能不斷警惕。

（見全集下冊，頁424）

民國四十二年三月二十一日給康稔的信裡說：

能多讀書，極善。吾正日日孜孜於此，不敢稍懈，並必做筆記，望你亦能如此。（見全集下冊，頁441～442）

四十二年十一月二十一日給傅璞的信裡說：

對於詩，坦白地說：我是從來也沒有真正的理解過。雖然經過幾年的摸索，但只能說是冒瀆了繆斯，睜著眼睛頻發夢囈。今後我將不敢再提筆了，將永遠不提筆以贖前罪，請相信我，這絕不是說著好玩的。

我也希望你不要再寫詩，這是我曾經和守誠說過多少次的。請你不要誤會，千萬的；這並不是（絕不）說你不配寫詩，而是「詩」足以害了你。何故？曰：當詩的賦有「魔性」的花朵在筆尖下綻開了的時候，你將必須「輸血」來灌溉它，以「肉」來培植它，結果，你的靈魂將迷失於空想之美的境界裡。而你的軀體呢？則被無情的交給現實的鞭笞和荊棘，這痛苦是難於想像的。

……做為消閑的遊戲則可，若真是費盡苦心，那是不智的。你應該去理解人生、接觸人生，從而把握它、刻畫它，面對一個最莊嚴、最偉大的一個大課題（我很耽心，躭心會誤以為我在用一種「教訓」的態度，向你發揮大道理）。我們現在所亟需學得的應該是有細密的觀察力和思考力，由縱至橫，從內至外的去體驗和發掘人生，磨亮眼，磨亮筆。

你所提到的那些所謂「人事關係」，不是今天才開始有的。儘管那是如何使人氣憤和不平。和你一樣，我反對它，詛咒它，但能怎樣呢？那是絲毫也礙它不得的。

……

多來沉思吧，多來讀書吧，現在我寧肯讓書籍來吞食我的健康，也不願意害了惡性痢疾般的頻發夢囈，奢侈地浪費言語。沉默如一元寶盒，我願常守著沉默，找回真正的我自己。（見全集下册，頁453～455）

民國四十二年十一月二十七日給葉纓的信裡說：

不要老是懷戀過去，忙於未來的創造都嫌為時不夠。不要認為自己是柔弱的，儘管現實會羈絆妳，妳也不能不把美的理想懸諸於現實之上。（見全集下册，頁474）

傅璞，是楊喚未見過面的朋友，而楊喚卻能披肝瀝膽的坦誠相對。而後，直到去世（四十三年三月七日）爲止，他當眞沒有再寫詩。這種停止寫詩的舉動，正暗示著另一種改變的醞釀。而其中主要的動力，除童年的渺茫、心智的成熟外，從書簡中可知，要以情愛的衝擊和寫作未能突破爲大。

民國四十二年五、六月間，他認識了書簡中的「頑童」，該少女時讀於一女中，頗有詩才，這是使楊喚的生命發生巨大震撼的一個故事。自民國四十二年下半年起，楊喚深爲愛情所苦，也很少寫信給他的好友歸人，僅給歸人兩張明信片（十一月二日、十二月二十八日），在信中充滿了極深的徬徨與憂鬱。

葉泥在「楊喚的生平」一文裡說：

他曾驚服於一個女孩子的寫詩的天才，因此他也常常警惕自己，甚而有些苦惱著。這是四十二年下半年的事情，從那時起，他很少寫東西。（見全集

下冊，頁526）

葉泥文中的女孩子，在這時並無姓名。三十年後我們有幸看到原件。這是楊喚致李莎的信，寫好了未發，連收信者都未見到過，我們眞該感謝葉泥先生的細心保存。（見全集上冊，頁15）該信寫於民國四十二年七月二十九日：

我知道木柵是安靜而又幽美的，但願你的日子沒有一絲絲兒陰影，細緻而寧貼的安排在那一片田園的風景裡。

「無夢樓詩輯」是那麼經不起一讀再讀，當我好好地看過它們幾遍之後，我乃悲哀的認識了貧乏的自己。正相反的，林泠的詩卻是如此的美好。我羞慚於做了她的詩的鄰居。我寫給她這張信卡請你在前面填上信址轉給她罷。我說真應該向她獻花，這是一點也不算過的，實在她真當得起。請告訴我：這個禮拜天（二號）假如你沒有事情，我要去造訪你和你的新鄰居。（見全集上冊，頁505）

歸人有「附註」云：

這封寫給李莎的信，並未寄發，是在他的遺物中發現的。所以連李莎也沒見到過。時間是四十二年七月二十九日。在信中，他對林泠小姐的詩，表示由衷的讚揚。有了這封信，印證出他當時跟我的私下談話。可是言猶在耳，物在人亡者已三十年！人生情分，果係神秘難解的謎嗎？（見全集下册，頁506）

驚服於他人的天才之餘，自會自我省思，於是有少寫的舉動，及至年底，在給傳璞的信裡，更斷然的封筆，這種封筆是痛苦與掙扎的決定。

童年的渺茫、友情的遙遠、再加上情愛的落空，以及未能突破寫作瓶頸，還有種種的現實，皆在促使他面臨再度的改變，他也因此更專致於自我的進修。許多作家，在完成他們改變風格的著作時，都會經過一段精神上的苦惱和折磨時期。這種精神上的騷動，可能便是創造行爲的一部分，因爲有了這些苦，才會產生再度的蛻變。而楊喚在民國四十三年一月二十五日給黃守誠的信，似乎有蛻變的徵象，信裡說：

我們總都是這個樣子的，這悲劇的性格。如今，我不敢再徒發玄想了。

當一個人能懂得，最好的方法應該是沉默。

又是一個轉捩，新的起點。人生就是如此的，而我們是有如蟬蛻。

我已能抑止住曾猖獗一時的悲痛。因我仔細回味時，驀然地發覺，為一個「頑童」的折磨而自溺，殊為可笑，儘管情痴如我。（見全集下册，頁449～450）

在信中，他已從情愛的泥沼中拔出，並肯定「又是一個轉捩，新的起點」，遺憾的是，英才遭天忌，老天根本不給他這個機會。

第陸章

楊喚對兒童文學的見解

楊喚之熱心兒童文學是來台灣以後的事。當時，他已由上等兵逐次地擢升爲上士文書，生活稍加安定，於是寫出了不少綺麗的兒童詩。我們相信，那正是他對淒苦童年的憑弔和補償。那一時期，除兒童詩外，還有大量寫作童話及出版的計劃，可惜，在種種困擾下，詩刊夭折，而童話也只留下三個殘稿。

殘稿之外，更發現幾張稿紙上僅寫了題目和筆名，或單有題目，連筆名也付之闕如的。雖然如此，在台灣兒童文學的開路工作中，他是個重要的工程師。

政府遷台之後，有關兒童文學出現在報紙上，除供兒童閱讀爲主的「國語日報」之外，其他各報也先後闢有兒童副刊，而「中央日報」的「兒童周刊」開風氣之先，於民國三十八年三月十九日創刊，由孔珞主編。至同年五月十四日第九期起，改由陳約文主編，至今仍繼續出版中。

至於純以兒童爲對象的雜誌則不多。當時可見的兒童雜誌有：

台灣兒童月刊	三十八年二月創刊
時代兒童（半月刊）	二十八年十二月創刊
小學生雜誌	四十年三月二十日創刊
兒童生活（半月刊）	四十年九月創刊

小學生畫刊　四十二年三月創刊
學友　四十二年二月創刊
東方少年　四十二年十一月創刊

在有限的兒童副刊與雜誌中，楊喚即以「金馬」爲筆名。將其兒童詩發表在「中央日報」的「兒童周刊」上。以「金馬」爲筆名的第一篇作品是「童話裡的王國」，計有六十二行，發表的時間是民國三十八年九月五日。而後，民國四十一年初與詩人李莎結識後，開始以楊喚爲筆名發表抒情詩。兒童詩也幾乎不太寫了。由此，可知民國三十八年到四十年之間，是他寫兒童詩最努力的一段日子。

在當時貧瘠的兒童文學園地裡，楊喚曾努力耕耘過，也曾想辦兒童刊物。雖然，其緣起或屬憑弔與補償他淒苦的童年。但我們相信他對兒童文學亦有他的見解在。引申的說：他的見解或許不成體系。但是，在少有人重視兒童文學的當時，可說彌足珍貴。因此，本文略擬他對兒童文學的看法。

約言之，最能代表楊喚對兒童文學見解者，自以「感謝——致安徒生」一詩爲主：

感謝——致安徒生

你父親製的鞋子不能征服荊棘的路，
你母親的手也沒有洗淨人們的骯髒；
而你點起來的燈啊，
將永遠地，永遠地亮在這苦難的世界上。

在那北風嗚嗚地吹著大喇叭的冬夜，
我不會寂寞，更不覺得冷；
因為溫暖著我的有你的書的爐火，
坐在身旁的是那個賣火柴的小姑娘。

縱然那北方的春天曾拒絕我家的邀請，
我還是像雀鳥那樣快樂，太陽般的健康；
過去的牧豬奴已長成為一個戰士；
我這從農場裡出來的醜小鴨啊，
已生一對天鵝的翅膀。

感謝你給我以你的童話的教室。
感謝你給我以你的心的蜜糖。
感謝你給我以愛情和營養。
今天，我要在我詩的小城裡完成一座偉大的建築，
那就是立起你這丹麥老人的銅像。（見全集上冊，頁93～94）

這首詩十八行。安徒生和他有類似的成長歷程，是他認同的對象，也是他的「童話城」的守護神。這首詩可說是對安徒生大部分作品的論述，也是一篇論文。他委婉地道出對安徒生的崇敬和禮讚，並且表達出他對兒童文學功能的肯定。兒童文學的功能，一般可分爲文學功能、教育功能與社會功能。而楊喚似乎著重在文學功能。文學作品的最終目的在陶冶性靈、美化人生，而其達成則有賴作品能對讀者產生文學效果。所謂文學效果，首先是感覺效果，其次是情緒效果，最後則是理性效果。就「感謝你給我以你的童話的教室」觀之，似乎不具理性效果，而是以感覺效果和情緒效果爲主。他在民國三十九年三月六日給康稔的信裡說：

你說我不是孩子，應該寫些給大人們看的東西，這話也對，但你又怎麼

知道我這一顆嚮往於童年的心呢？孩子是天真無邪的。童年的王國在記憶裡永遠是有著絢麗燦爛美麗的顏色的。（全集下冊，頁282）

這純然是種補償心理，這種補償心理是他的基調，民國三十九年二月一日給康稔的信裡說：

又想寫點東西，已經寫了一章兒童詩，若是一高興，幾個童話也該出籠了。告訴你，這不只是打算，我已經在動手寫了呀！我想用它來騙我的寂寞。（見全集下冊，頁275）

又：

「春天在哪兒呀？」你讀過了嗎？我希望你能從那裡面找回一點孩子的快樂。

兒童詩，我還想再寫下去，因為我想從裡面找回一些溫暖。（見全集下冊，頁282）

又民國四十年三月十三日給康稔的信裡說：

「春天在哪兒呀？」只不過是騙幾個稿費。談什麼寫作態度？你知道，我夠苦夠苦了！這些痛苦，不是幾聲嘆息能趕掉的。（見全集下冊，頁335）

這是典型的「小飛俠併發症」的心態。其實，有時他也蠻有信心的。民國三十九年六月二十五日給康稔的信裡說：

「眼睛」、「童話裡的王國」寄上，你該沒有話說了吧！討厭鬼！（見全集下冊，頁300）

他對當時的兒童文學界似乎很不滿，他認爲不論是出版者或是作者，皆不夠誠心。民國四十年十一月十一日給康稔的信裡說：

台北出版界氣勢蓬勃，尤以兒童刊物為多。但可看的只有陳約文主編的「兒童生活」半月刊。其餘的都是些騙錢的玩藝。我看了之後，大為技癢。

錢不給你幫忙、做主，不然怕得一顯身手，自己非辦一個刊物不可。寫、畫的朋友倒不是問題。（全集下冊，頁357）

又民國四十年十一月十九日給康稔的信裡也說：

你知道兒童文藝在中國是最弱的一環。雖然目前兒童讀物多如春筍，嚴格的說來，又有幾種合格的呢！較之英、美、日本，可謂少得可憐又可憐。我不敢說我的兒童詩寫得怎麼好，但是在這裡就沒有人肯花功夫去給孩子們寫東西。你想，一般成了名的，或出了名的，或不成名也不出名的，都想用「大塊文章」去換錢得獎金。有誰肯花了大半天的氣力，去換兩包香煙錢呢！我不是在吹牛，說我如何如何。總之我不想，也從來沒有熱中於什麼成就。你知道，群衆是最好的考驗，孩子們也是有他們的鑑賞力的。（見全集下冊，頁361～362）

他對童話的興致頗高，民國三十九年二月一日給康稔信裡說：

若是一高興，幾個童話也該出籠了。告訴你，這不只是打算，我已經在動手寫了呀！我想用它來騙我的寂寞。（見全集下冊，頁275）

民國三十九年四月二十二日的信裡說：

我愛童話，我永遠愛它的。（見全集下冊，頁292）

民國三十九年六月二十四日的信裡說：

很久很久沒有寫東西了，我的筆怕都銹壞了吧。童話最難寫，兒童詩更難寫，但現在我願意學習，因為這樣，我便可以找到失去的快樂了，能和可愛的孩子們一道哭，一道笑了。……

我打算多在這方面下功夫。童話我還沒有嘗試過，等等看，過幾天情緒好一定要寫幾篇給你看。（見全集下冊，頁297～298）

民國三十九年七月五日的信裡說：

想寫童話。（見全集下册，頁302）

民國三十九年十一月二十日信的信裡說：

還講什麼童話，我是很久沒摸過筆了。還是昨天看到兒童周刊又出來一個什麼叫「金牛」的也寫兒童詩，我才把「金馬」也請出來。童話我還是想寫的，因為我要為我自己完成這提出了很久的意圖。（見全集下册，頁315）

而終其身，僅見童話殘稿三篇。倒是在另則書簡裡，他對童話文章有說明，民國三十九年七月二十日給康稔的信裡說：

你說錯了，寫童話，要需要一支美麗纖巧細膩的筆。孩子是株芽，我願意做一名平凡又平凡的小園丁。（見全集下册，頁305）

這位願意做一名童話裡的平凡小園丁的楊喚，不但做不成童話的小園丁，甚至也成了兒童詩裡的小逃犯。民國四十三年一月六日給葉纓的信裡說：

> 提起詩，我只有感到慚愧。幾年來，我寫的很少，也極壞。發表的那些又沒有剪貼起來過。因為我恥於讓它們再見我。現在且把這些兒童詩拿給你看（這是一個朋友為我剪貼的，在我生日那天，他把它當做禮物送給我的）。但這要有條件，你不能不把批評寫給我或說給我。因為你們即將做「先生」的，對「兒童心理」這一課，要遠較我這亂寫東西的內行而又高明得多多。（見全集下冊，頁462～463）

同年同月十四日再致葉纓的信裡說：

> 我的詩本微不足道，很感激你們對它的錯愛。它能使你們遭到了一堂曠課的處分，這更是我的不好。
>
> 是的，「金馬」是我。可是，我很久沒有用這個名字寫兒童詩了。現在由於你們的感動，我很想再試寫一點。但在你們的最公正、最公正的批評沒有給我以前，我還不能寫，我還是不敢寫。（見全集下冊，頁464～465）

其實，早在民國四十年的後半年，他對童話詩似乎已是興趣缺缺。民國四十年十一月十七日給笑虹的信裡說：

近來我打算寫寫詩。當然我不會忘記了孩子們，還要給他們寫東西，不過我不想老是只寫兒童詩。（見全集下冊，頁481）

而後，童話城裡的小飛俠，心中又昇起一股難解的輕愁，一如那寂寞無語的丹麥老人的銅像，已然成爲歷史的見證而已。

第柒章

楊喚的兒童詩

淒苦的童年，思鄉的情懷，總是揮之不去。夜裡總有澎湃的潮聲，於是乎愁苦突襲而來，流落的人永遠有一顆寂寞的心，就是在夢裡也不會讓你安靜的：

> 海，我懷念的海，是它告訴我許許多多的幻想。家鄉是濱海的小城，貝殼是我童年王國裡的金子。沙灘是我舒適的床。銀鷗和白帆是我飛過萬重山，航過千道水的美麗的希望。（見全集下册，頁295）

想像的神鷹，振羽而起，超越時空，躍入童話的世界，走進兒童詩的天地。

楊喚在我國兒童文學史上的地位，主要是奠立於他的兒童詩。楊喚的兒童詩清新的面貌，閃現智慧的結晶，傳達童稚的詩心，楊喚的歷史地位是經由此三者而確立的。然而，所謂楊喚的兒童詩，其總數不超過二十首，而此二十首兒童詩，卻幾乎成爲我國四十年來兒童詩的創作範本，甚多的兒童詩作者，都以楊喚的創作形式來創作兒童詩。楊喚兒童詩的魅力何在？本文試分析一、二。

一、楊喚的兒童詩

本處所論的，包括楊喚兒童詩總數的探討，以及其詩類屬等問題。

㈠楊喚的兒童詩集

楊喚來台後，始以「金馬」爲筆名，並於民國三十八年九月五日於「中央日報・兒童周刊」第二十五期，發表第一篇兒童詩的作品「童話裡的王國」。

楊喚死後，由覃子豪、李莎、方思、葉泥、歸人、力群和紀弦等七人組成編輯委員會。大家分頭去收集散見各報刊的詩人遺著。其中有關兒童詩部分，紀弦在「從楊喚逝世到風景出版」一文中有如下的記載：

> ……然後慎重整理，保留其佳作，刪去其次者，共得詩四十一首，兒童詩十八篇，而編成了這個集子。……
>
> 在這裡，應該特別致謝的是「中央日報・兒童周刊」編者陳約文女士，承她給以便利，把幾年來全部的「兒童周刊」借給我們抄下了詩人用筆名「金

馬」發表的十多篇童話詩，這實在很可感，祝她健康。（見光啟版「楊喚詩集」，頁159）

「風景」詩集刊行於民國四十三年九月，其中就收錄了紀弦所謂的十八首「童話詩」，而歸人則稱之爲「兒歌」。這十八首是大家分頭去收集散見各報刊的詩人遺著，陸續集中紀弦處的總數，其中從「兒童周刊」抄下的是「十多篇」，可見十八篇並非全部是在報刊上發表的。其中如「水果們的晚會」（見小學生版「童話研究」，頁224）、「美麗島」（見洪範版「楊喚全集」剪影及手跡部分）等手稿，皆屬未發表者。

十年後「風景」詩集改由光啓出版社刊行。書名改爲「楊喚詩集」，其中童話詩部分並未增加，初版是民國五十三年九月。

後來，民國五十五年五月小學生雜誌社出版「兒童讀物研究」第二輯「童話研究專輯」一書，其中有林良先生寫的「童話詩人：楊喚」一文，文末並收錄楊喚的十八首詩（見頁225～240），這是防備它的散失，也是表示該刊對楊喚的悼念。

民國五十八年初，普天出版社有「楊喚詩簡集」的印行，其中兒童詩也是十八首，該書的出版，據歸人在「楊喚書簡」後記的說明是如此：

直到五十七年秋天，我忽然接到一封自稱是「文化人」幹出版的人的信，希望與我談談，刊印「楊喚書簡」。接談下，才知他只是個出「騙」商。我當然不想跟他再打交道。他的「騙」計未售，居然將原有的「附註」去掉，另加我們編輯的楊喚詩集，合而為「楊喚詩簡集」，草草率率，未得同意的「出版」了。（見光啟版「楊喚書簡」，頁246～247）

後來普天出版社停頓後，這個本子改由曾文出版社印行。

民國六十五年十二月，純文學出版社把楊喚的十八首兒童詩印成「水果們的晚會」一書。由夏祖明畫圖，並有林良先生的序，這是楊喚詩集目前最流行的本子。民國六十八年五月，又有偉文圖書公司「夏夜」的印行，也是收錄十八首兒童詩。

民國六十九年七月七日，「布穀鳥」第二期有林武憲提供的「楊喚兒童詩補遺」（頁14～15），補遺「快上學去吧！」、「花」兩首，至於資料來源並未有說明。自此，楊喚的兒童詩增加兩首。

而後，在民國七十四年五月由歸人編著的洪範版「楊喚全集」中，歸人所謂的「兒歌」已收錄了「快上學吧！」、「花」兩首，總數是二十首。而歸人亦未說明這二首詩的來源。考洪範版兒童詩中，「春天在哪兒呀？」末段有七行的錯簡（頁183），這七行原是「小紙船」的末段（頁197），今增印錯置於「春天在哪兒呀？」末段。又「家」一詩第三行末字「窠」錯爲「巢」。

總結上述，我們可以知道，目前所見的楊喚兒童詩計二十首。可是我們不禁要問？是否還有遺佚？而補遺的兩首是從那裡冒出來的？又眞正發表的有幾首？於是披閱縮印本的「中央日報・兒童周刊」，並細讀「楊喚詩簡」，今將其發表日期、期數與書簡裡有關兒童詩的記載，試列表如下：

篇名	發表日期	期數	書簡記載
童話裡的王國	38・9・5	二十五期	1 三十九年二月一日書云：又想寫點東西，已經寫了一章兒童詩。（頁215） 2 三十九年六月二十四日信云：「童話裡的王國」我只有一份，現在不知道讓我放到哪裡去了。（全集下册，頁275） 3 三十九年六月二十五日書云：「眼睛」、「童話裡的王國」寄上，你該沒有話說了吧！討厭鬼！（頁300）

			4三十九年七月五日信云：「童話裡的王國」最好寄回來，因爲那是我僅有的一份。(頁302)
眼睛	39·6·10	六十三期	1三十九年六月二十四日信云：在最近又寫了兩章，一章是「眼睛」，短短的，沒經過琢磨就亂寫出來，現在寄上給你看。(頁298) 2三十九年六月二十五日信云：「眼睛」……寄上，你該沒有話說了吧！討厭鬼！(頁300) 3三十九年七月五日云：「眼睛」是我忘記封到信封裡了。(頁301)
小紙船	39·7·1	六十六期	三十九年七月五日信云：另外有一章「小紙船」，是我在一個失眠的夜裡的黎明寫的，還算滿意。當然也是寫給孩子們看的兒童詩，當然也是寄到「中央」「兒童周刊」上。我寫過的東西多是不留底稿的。假如登出來，你可以在「兒童周刊」上看到它，不然，你沒有這個「眼福」了。一笑。(頁301)
毛毛是個好孩子	39·7·22	六十九期	

森林底詩	39・8・5	七十一期	
給你寫一封信	39・11・25	八十七期	1三十九年雙十節信云：我在寫兩篇兒童詩：「給你寫一封信」和「××去旅行」。(頁312) 2三十九年十一月二十日信云：還是昨天看到「兒童周刊」又出來一個什麼叫做金牛的也寫兒童詩，我才把「金馬」也請出來。(頁315) 3三十九年十二月二十日信云：金牛不是我，「回來呵！哥哥！」更不是我寫的。「大地回春」也不是。我還是「金馬」，只寫了「給你寫一封信」。(頁321)
快樂的歌（包括小蝸牛、小螞蟻、小蟋蟀、小蜘蛛）	40・2・12	九十七期	四十年一月二十一日云：我又胡亂的寫了一些東西。……一章短詩和兒童詩寫給中央日報。(頁333)

春天在哪兒呀	40・3・5	一〇〇期	1三十九年三月六日信云：「春天在哪兒呀？」你讀過了嗎？我希望你能從那裡面找回一點孩子的快樂。 2四十年三月十三日信云：「春天在哪兒呀？」只不過是騙幾個稿費。談什麼寫作態度？你知道，我夠苦夠苦了！這些痛苦，不是幾聲嘆息能趕掉的。(頁335)
快上學去吧！	40・3・26	一〇三期	
夏夜	40・8・28	一二五期	三十九年七月五日信云：我又寄出了一章「夏天」，也是兒童詩。……「夏天」就要發表了，我在廖末林那裡看到他在爲它挿圖。(頁302～303)
肥皀之歌	40・9・11	一二七期	
家	40・11・13	一三五期	
花	42・6・1	二一四期	
七彩的虹			
水果們的晚會			小學生版「童話研究專輯」頁224，有此詩的手稿。

美麗島			「楊喚全集‧剪影及手跡」部分，有此詩稿手稿。
下雨了			
祝福			1三十九年六月二十四日信云：還有一章「祝福」，比較長一點，也是匆匆就脫稿了的。不知道會不會給登出來。（頁298） 2三十九年七月五日信云：「祝福」沒有登。（頁301）
××去旅行			三十九年雙十節云：我在寫兩篇兒童詩：「給你寫一封信」和「××去旅行」。（頁313）
幸福草			1三十九年十一月二十二日云：現在我在寫一篇兒童詩，是一篇敍事詩：「幸福草」。（頁317） 2四十年四月二十八日信云：「幸福草」是一篇敍事的童話詩，我沒有寫完就丟了！（頁340）
童話			見「楊喚全集」上冊，頁99～100

風景			見「楊喚全集・剪影及手跡」部分，有署名「金馬」墨跡之「風景」。

從列表中，我們知道所謂的補遺兩首，事實上是疏忽所致。因爲它曾在「中央日報・兒童周刊」上刊登過。

就目前所見的二十首，有四首（「七彩的虹」、「水果們的晚會」、「美麗島」、「下雨了」。）未在「中央日報・兒童周刊」發表過。而在發表中的「眼睛」、「小紙船」，書簡的日期竟晚於發表的日期，可見楊喚其人生活散漫之一斑。

在遺佚的兒童詩方面，從書簡中可知有三首：「祝福」、「××去旅行」、「幸福草」。其中「祝福」、「××去旅行」曾寄給「兒童周刊」，未見發表。而「幸福草」則是未完成的作品。

又如果我們把他的「童話」（見全集上冊，頁99～100）「風景」（見全集上冊，頁161）視爲兒童詩，或曰亦無不可。因爲「童話」根本就是童話，而「風景」則署名爲「金馬」。

㈡童話詩

說到楊喚兒童詩的界定與類屬，就會扯到童話詩，而提起童話詩，則又會提到故事詩、敍事詩等名稱。

當年紀弦整理詩人的詩集，就把他那些寫給兒童看的詩稱爲「童話詩」，而後沿用至今，其間有人不同意，似乎亦無害於童話詩的沿用。個人以爲這種爭議，乃緣於對「童話詩」一詞的界說不同所致。

紀弦並不曾爲「童話詩」下過定義。

查考「童話詩」的定義，概言之，有廣義、狹義二種。廣義的說法我們以林良先生爲代表，林良先生在「童話詩人：楊喚」一文裡，曾對「童話詩」有所闡釋，他說：

> 楊喚的童話詩十八篇，代表「童話」的另一種形式。那是一種用詩寫成的童話，有大部分是「脫離了情節而獨立」的，它不需要故事，但很輕易的捕捉住童話的精神、韻味和美。
>
> 童話詩的境界是童話裡的最高的。是童話使詩美？還是詩美化了童話？

> 楊喚的童話詩，真是「童話裡有詩，詩裡有童話」。他的意象是「很童話的」。也許他的童話詩的成功，就是因為他有那才華，能捕捉住童話的迷人的美吧？（見小學生版「童話研究專輯」，頁221～222）

從引文中我們知道，林先生是以「童話的精神」來界定「童話詩」，所以楊喚的兒童詩都是童話。這種以「童話的精神」來界定童話詩，是廣義的定義，這種說法頗爲流行。

但廣義的說法有失空泛，因此，有人對名稱再加以界定。林前先生於「童話和童話詩」一文裡說：

> 我想，童詩是兒童自己或透過兒童的心靈、感情寫出來的詩，其中不一定有故事。而童話詩，是把兒童故事，用詩的方式把它寫出來的。（見六十二年一月十四日「國語日報・兒童文學周刊」第四十二期）

林前先生用兒童故事來界定，而楊靜思先生則認爲不明確。楊靜思先生在「談童話詩」一文裡有詳細的解說，他說：

顧名思義，「童話詩」就是：用詩的形式寫出來的童話。它揉和了「童話」的故事性、趣味性和「詩」的意境跟節奏，既可以當做「童話」來欣賞，又可以當做「詩」來吟詠，能給人特殊的美感。因此，凡是用「擬人法」來描寫自然景象、各種生物，而缺乏故事性的詩，不是「童話詩」；具有故事性而不合「童話」條件的詩，也不是「童話詩」；不用「擬人法」，沒有故事性的詩，更不是「童話詩」！

可以這麼說：自有「童話詩」這個名詞以來，我們就誤解它了。直到目前，誤解不但沒有解除，反而更加嚴重！下面三個例子，雖然只是其中的一部分，卻能使我們明瞭這個事實。

首先，讓詩人的誤解。詩人紀弦先生在他的「從楊喚的逝世到風景的出版」一文（錄入四十三年九月出版的「風景」）裡，說過這樣的話：「大家分頭去收集散見各報刊的詩人遺著，……共得詩四十一首，童話詩十八篇，而編成了這個集子。」紀弦先生把這十八首「寫給兒童看的詩」一律稱為「童話詩」，是一個很大的誤解！事實上除了「童話裡的王國」和「七彩虹」兩首（情節簡單）之外，都不是「童話詩」。我們不妨看看下面這首「小螞蟻」：

……（略）……

這一首詩，用第一人稱（螞蟻的自述）來介紹螞蟻的生活。從詩裡可以看出螞蟻的「勤勞」和「幸福」。而且有美麗的想像和生動的譬喻（如用「撐起了最漂亮的傘」來描寫小菌子的形態等）。是一首很美、很有趣的「動物素描」的詩。它有故事性嗎？我們能說它是「童話詩」嗎？（見六十三年五月五日「國語日報・兒童文學周刊」一〇八期）

從引文中，楊靜思先生認爲童話詩的條件是：

童話性的故事
趣味性
擬人法
詩的形式

這種條件的界定，可說是屬於狹義的界說。楊靜思先生認爲楊喚的兒童詩中，只有「童話裡的王國」和「七彩虹」兩首是童話詩。另外，楊先生這種狹義的說法，亦有贊同者。然而，向明先生於「楊喚與米爾思」一文裡則說：

我把楊喚寫的這些詩歸之為童話詩，因為我們讀楊喚任何一首兒童詩都會發現其中不但有人物，有場景，更有一個貫穿全詩的故事背景藏在其中，就彷彿在看一場華德狄斯耐的卡通影片那麼有頭有尾。而楊喚本人就是一個極迷卡通影片的人（見「楊喚詩集」葉泥先生所寫「楊喚的生平」），由此我們可以猜想得到楊喚的兒童詩得自卡通影片的營養非常多。再看楊喚所經營的詩句，並不是像一般兒童詩作者模倣兒童的口氣，而是以一種大哥哥、大姐姐的口吻在和兒童說話，話中帶著童趣的鼓勵和誘惑，即是成人看了也感到親切和興起振奮感。楊喚的詩也不太注重韻脚，而著重在全篇的自然節律和一氣呵成的氣勢。（見「布穀鳥」第一期，頁39～40）

又蕭蕭在解說「夏夜」一文裡說：

這是一首「童話詩」，童話詩是大人寫給兒童看的，因此，大人們必須以童心去建造兒童特殊的想像世界，兒童想像中的世界絕不一個理念世界，而是富於情且擬人化的世界，所以這首詩當然不是寫實的詩，它是楊喚透過童心與想像所編織的。在這首詩裡，由河草木、蟲魚鳥獸，都賦予「人」的思想和行為，我們一般稱這樣的方法為「擬人化」。童話世界原來就是一個「擬人化」的世界，電影、卡通、漫畫、童話故事，我們都可以發現到這樣的事實。「夏夜」這首詩，當然就是擬人化的童話詩。（見六十九年四月故鄉版「中學白話詩選」，頁333～334）

又杜榮琛先生在「兒童詩寫作與指導」一書，亦曾對童話詩下過定義，他說：

童話詩是以人的形式，表現童話的內容；它融合童話和詩的特質，既擁有詩的律動、節奏（音樂性）和意象（繪畫性）的美，同時具有童話的趣味情節與精彩故事性。（見七十二年六月省教育廳編印本，頁16）

雖然，他們的說法或許相接近，可是對於實際詩篇的認定確有很大的出入。

或許我們該看看楊喚自己的說法。

在楊喚的書簡裡，他對這些寫給孩子們看的詩篇，有過三種不同的名稱。其中以用「兒童詩」最爲普遍。試分述如下：

㈠**兒童詩**。在書簡中，以用「兒童詩」一詞最爲普遍，計十三次（見洪範版「楊喚全集」下冊，頁275、282、297、301、312、315、317、333、340、462、481）

㈡**敘事詩**。僅見一次。在民國三十九年十一月二十二日給康稔的信裡說：

> 現在我在寫一篇兒童詩，是一篇敘事詩：「幸福草」。（見全集下冊，頁317）

㈢**童話詩**。亦僅只見過一次。在民國四十年四月二十八日給康稔書的信裡說：

> 「幸福草」是一篇敘事的童話詩，我沒有寫完就丟了！（見全集下冊，頁340）

從以上三種不同的用詞中，我們可以瞭解，在楊喚的心中，這三種用詞是有區別的。他認爲童話詩是屬於敘事詩的；而敘事詩又是屬於兒童詩的，遺憾的是楊喚並沒有明說兩者之間的關係。

申言之，有關敍事詩之說，乃是西方詩學的說法。而這種說法有人認爲並不適用我們傳統的詩歌，時人龔鵬程先生於「論詩史」一文的結語裡說：

> 我們確信：中國詩歌中沒有史詩（或敘事詩、或故事詩）這一類作品，不必曲意比傅，欲覓類似的作品，則當求諸講史及吟唱系統之小說或「類小說」（介乎戲劇小說之間的作品）。（見七十五年四月台灣學生書局版「詩史本色與妙悟」，頁84）

就傳統詩歌而言，一切詩都是抒情的，所謂敍事詩乃屬表達方法，而不是詩類。因爲所謂抒情，並不限於純粹自我心靈圖像的描繪與刻畫，就是在事物上見其情，也可以稱之爲抒情。因此，中國的傳統詩歌偏重抒情，而缺乏史詩、悲劇和其他長篇的詩，並非缺點，也許還可以說是中國人藝術趣味比較精純的證據。

或許我們可以說詩歌原是用於抒發情感的，後來又有人用它來敍述故事，描寫外物，於是乎表示的樣式，越來越多，而西洋的詩學研究者，就根據這種表現的樣式，來做爲詩的分類的根據。有關這種詩的分類，洪炎秋先生在「文學概論」一書裡有云：

他們一般都把詩分為主觀的詩(Subjective Poetry)和客觀的詩(Objective Poetry)兩大類。主觀的詩，也有人把它叫做個人詩(Personal Poetry)，也有人把它叫做抒情詩(Syrical Poetry)。客觀的詩，通常又把它分為三類：一是寫景詩(Scenographic Poetry)，二是故事詩(Ballad)，三是敘事詩(Epic Poetry)。不過，客觀詩中，可以用敘事詩來做代表，統攝一切，因此說起詩來，大都把它分為抒情詩和敘事詩兩大類。故事詩大概是用歷史的事件或傳說的故事做材料，再把作者所懷抱的某種觀念，寄託裡面，也是一種敘事詩，不過詩形比較短小罷了（見六十二年九月版華岡本「文學概論」，頁134～135）。

又邱燮友先生在「中國歷代故事詩」一書裡，亦曾爲「故事詩」下過定義，他說：

甚麼是故事詩呢？故事詩(Epic)是屬於敘事詩的一種。詩的主題，從頭到尾，著重在鋪敘一個完整的故事；寫詩的人，只站在客觀的立場，用比較自由的詩律，描寫一些民間傳誦的故事，古代流傳下來的神話，或是一些傳奇的事實，這種以鋪述故事為主的詩歌，便可稱為故事詩。因此，故事詩多半是些長篇的敘事詩。（見五十八年四月三民文庫版「中國歷代故事詩」㈠，頁4）

又趙天儀先生於「故事詩的探索與嘗試」一文裡說：

所謂故事詩，是敘事詩的一種，是以具有故事的情節為中心的結構來表現與發展的詩作品。而故事詩的表現取向，也可以容納抒情性、敘事性、甚至戲劇性的技巧。不過，最重要的，便是以故事的情節為表現訴求的對象。因此，故事詩可以是悲劇性的，也可以是喜劇性的。有些是創作性的，而有些卻是改寫性的。英國詩人諾易斯(Alfred Noyes)的「綠林好漢」是悲劇性的。俄國詩人普希金的故事詩，王玉川的兒童故事詩，是從已有的寓言或童話的素材改寫而成的。這些改寫的故事詩，多半以韻文的律韻與節奏來輔助這些故事的情節，在基本的創作態度上，是一種韻文的創作活動。因此，我希望我們創作的兒童故事詩；一方面能超越改寫的兒童故事詩，另一方面能以富有創意的新鮮的素材，來從事故事詩的創作活動。（見七十四年七月「台灣文

藝」一九十五期，頁11）

綜合前述，就西洋詩學的分類而言，童話詩是故事詩，也是敍事詩。它的條件除楊靜思先生所提四項外，就表現的樣式而言，它是客觀的詩，而其詩旨亦不在抒情言志。

由此可知，稱楊喚的兒童詩是童話詩，乃是就廣義界說而言，也就是說他的童話精神。反之，就狹義界說而言，楊喚的童話詩並不多，就現存的二十首兒童詩中，幾乎五分之四以上的詩都能找得出教化的痕跡。

至於歸人稱之爲「兒歌」，似乎不具任何意義。

二、寫作心路歷程

一般說來，民國三十八年至四十年，是楊喚寫兒童詩最努力的一段日子。在這期間他何以致力寫作？而後又何以放棄？正是本節所要論述的兩個主題，試分析如下：

㈠創作動機

所謂動機，是指引起個體活動，維持已引起的活動，並導使該活動朝向某一目標進行的一種內在歷程。在此所謂的活動，是指行爲，所以動機一詞乃是心理學家對個體行爲的原因及其表現方式的一種推理性的解釋。就因爲動機本身是一種內蘊的心路歷程，故不易直接觀察，只能按個體當時所處情境及其行爲來推理解釋。

創作動機原則上雖都是內動的，但是引起動機的原因則可能是內發的，也可能是外誘。內發的動機乃由於內在的需要，不需外在目的物的吸引；而外誘的動機則有外在的誘因。以下試說明楊喚寫兒童詩的動機。

㈠補償心理。補償心理通常是不自覺的，藉減輕緊張與挫折引起的不快感，從事某方面才能之發展，用以彌補個人的弱點或缺陷，而在另一方面超越他人，從而增加個人之適應。楊喚因本身童年的蒼白，於是想從兒童詩中尋求心理上的補償。他在民國三十九年三月一日給康稔的信裡說：

> 又想寫點東西，已經寫了一章兒童詩，若是一高興，幾個童話也該出籠了。告訴你，這不只是打算，我已經在動手寫了呀！我想用它來騙我的寂寞。

（見全集下冊，頁275）

又民國三十九年三月六日給康稔的信裡說：

你說我不是孩子，應該寫些給大人們看的東西，這話也對，但你又怎樣知道我這一顆嚮往於童年的心呢？孩子是天真無邪的。童年的王國在記憶裡永遠是有著絢麗燦爛美麗的顏色的。「春天在哪兒呀？」你讀過了嗎？我希望你能從那裡面找回一點孩子的快樂。

兒童詩，我還想再寫下去，因為我想從裡面找回一些溫暖。（見全集下冊，頁282）

又民國三十九年六月二十四日給康稔的信裡說：

很久很久沒有寫東西了，我的筆恐怕都鏽壞了吧！童話最難寫，兒童詩更難寫，但現在我願意學習，因為這樣，我便可以找到失去的快樂了，能和

可愛的孩子一道哭，一道笑了。（見全集下冊，頁297）

那時候，他極力尋求慰藉，在民國三十九年十一月二十二日給康稔的信裡說：

過了子夜，已是三點鐘，這正是別人睡意正濃的時候。窗外月色溶溶，夜涼如水，我從家又想到家鄉的朋友，又想到——太多了。我把自己安排在一齣編得很美麗的夢裡。（見全集下冊，頁318）

那時候，他對兒童詩頗有信心且專注，在給康稔的書簡中多次提到兒童詩。民國三十九年六月二十五日云：

「眼睛」、「童話裡的王國」寄上，你該沒有話說了吧！討厭鬼！（見全集下冊，頁300）

又民國三十九年七月五日給康稔的信裡說：

……另外有一章「小紙船」，是我在一個失眠的夜裡的黎明前寫的，還算滿意。當然也是寫給孩子們看的兒童詩，當然也是寄到「中央」兒童周刊上。我寫過的東西多是不留底稿的。假如登出來，你可以在「兒童周刊」上看到它，不然，你沒這個「眼福」了。一笑！

……我又寄出了一章「夏天」，也是兒童詩。（見全集下册，頁301～302）

又民國三十九年七月二十四日給康稔的信裡說：

你說錯了，寫童話，是需要一支美麗纖巧細膩的筆。孩子是株芽，我願意做一名平凡又平凡的小園丁。（見全集下册，頁305）

當時他對兒童文學仍充滿信心。在民國四十年十一月十九日給康稔的信裡說：

你知道兒童文藝在中國是最弱的一環。雖然目前兒童讀物多如春筍，嚴格的說來，又有幾種合格的呢！較之英、美、日本，可謂少得可憐又可憐。我不敢說我的兒童詩寫得怎麼好，但是在這裡就沒有人肯花功夫去給孩子們寫東西。你想，一般成了名的，或出了名的，或不成名也不出名的，都想用「大塊文章」去換錢得獎金。有誰肯花了大半天的氣力，去換兩包香煙錢呢！我不是在吹牛，說我如何如何。總之我不想，也從來沒有熱中於什麼成就。你知道，群衆是最好的考驗，孩子們也是有他們的鑑賞力的。（見全集下册，頁361～362）

2金牛的刺激。人類的動機是學習而來的，在習慣形成的歷程中，隨時需要刺激與鼓勵，以強化動機。有時，外誘的動機，雖未必符合內在的需要，但亦不失爲維持或強化動機的有效方式。楊喚寫兒童詩乃緣於補償。而補償作用原本就具有自我欺騙的性質。因此，有時他會說：

「春天在哪兒呀？」只不過是騙幾個稿費。談什麼寫作態度？你知道，我夠苦夠苦了！這些痛苦，不是幾聲嘆息能趕掉的。（見全集下册，頁335。）

當補償心理不能化爲內發的動機時，只有借助於外誘的刺激。而金牛就是外誘的刺激之一，民國三十九年十一月二十日給康稔的信裡說：

還講什麼童話，我是很久沒摸過筆了。還是昨天看到兒童周刊又出來一個什麼叫金牛的也寫兒童詩，我才把金馬也請出來。（見全集下冊，頁315）

又民國三十九年十二月二十日給康稔的信裡說：

金牛不是我，「回來呵！哥哥！」更不是我寫的。「大地回春」也不是。我還是金馬，只寫了「給你寫一封信」。（見全集下冊，頁321）

金牛的詩「回來呵！哥哥！」刊登於十一月十九日的「兒童周刊」（六十八期）。這是金牛僅見的作品，金牛之所以能對金馬產生刺激作用，主要是緣於名字的性質相近所致。

3葉纓之鼓勵。葉纓即李昌霞女士，當時就讀省立台北師範，是李含芳的女友，而後成爲李太太。楊喚在民國四十二年一月六日給葉纓的信裡說：

提起詩，我只有感到慚愧。幾年來，我寫的很少，也極壞。發表的那些又沒有剪貼起來過。因為我恥於讓它們再見我。現在且把這些兒童詩拿給你看（這是一個朋友為我剪貼的，在我生日那天，他把它當做禮物送給我的）。但這要有條件，你不能不把批評寫給我或說給我。因為你們即將做「先生」的，對「兒童心理」這一課，要遠較我這亂寫東西的內行而又高明得多多。（見全集下冊，頁462～463）

又民國四十二年一月十四日給葉纓的信裡說：

是的，「金馬」是我。可是我很久沒有用這個名字寫兒童詩了。現在由於你們的感動，我很想再試寫一點。但在你們的最公正、最公正的批評沒有給我以前，我還不能寫，我還是不敢寫。（見全集下冊，頁465）

民國四十二年，楊喚似乎不再寫兒童詩了。就已發表的作品而言，僅有「花」（四十二年六月一日）一首。可知他雖然很想再試寫一點，但終究提不起創作的動機。

(二)放棄寫兒童詩的理由

動機若要強，則需源於內發的需要，因需要而生驅力，因驅力而有行爲。如果行爲的後果能滿足需要時，個體的行爲與動機，同時的被增強。以後同樣情境再出現，類似的行爲即將重複出現，此即習慣形成的歷程。反之，則動機將隨之消失。這種動機的消失，就心理言，是缺乏成就動機所致。所謂成就動機，係指個人對自己認爲重要或有價值的工作，不但願意去做，而且力求達到完美地步的一種內在的心理歷程。所謂成就，是相對的，是個人完成一件事後與別人比較或與一個既定的標準比較的結果。因此，成就動機實含有「與別人較量」的社會意義。成就動機是人類所獨有，其形成既非是先天遺傳，也非由於生理需要，而是與別人交往的社會中學習而來。

成就動機既是學習而來的，個人之間與團體之間的差異是可以想像的。成就動機、個性差異的形成，與個人的年齡、性別、能力、成敗經驗等主觀因素以及工作性質等客觀因素都有密切的關係。

我們相信楊喚放棄寫兒童詩，主要是由於缺少成就動機所致。以下試說明其放棄的可能理由。

—缺乏朋友的鼓勵。動機的強化，需要別人關心、需要友誼、需要愛情、需要別人的許可與接受、需要別人的支持與合作。這種需要與人親近的內在動力，稱爲「親合動機」。由親合動機所促進而表現於外的社會行爲，最主要者有依親、交友、家人團聚、參與社會性的團體等。楊喚當時醉心於兒童文學，他也鼓勵他的朋友從事兒童文學。葉泥於「楊喚的生平」一文裡曾說：

> 兩個月以後，他也調到了我們的單位裡來。從此我們生活在一起，工作在一起，讀書、散步、寫作都在一起。我翻譯童話，他寫童話詩。我的翻譯童話都是由於他的督促，他說：「我們應當多給孩子們流點汗，多寫點有營養的東西。」「中央日報．兒童周刊」上，每期幾乎都有他的東西發表。另外，他訂了兩個專用於寫詩的本子，並且畫好了封面，兩個人各分一本。他的是風景，我的是列車。在列車的扉頁上他還題了一首詩——「贈禮」——送給我。（見全集下冊，頁523）

可是，並沒有人鼓勵他。而他最要好的朋友歸人，更不鼓勵他寫兒童詩。他們在書簡中時常爲此而爭論。楊喚死後，歸人曾爲此自責。歸人在「楊喚的生活與文學」

一文裡說：

「童話裡的王國」是他來台灣後，以「金馬」為筆名的第一篇作品。這是一篇童話詩，一共六十二行。其中有一段這麼寫：

……

此後，他以大部分的精神，從事於童話詩的創作。「小紙船」、「春天在哪兒呀」、「眼睛」及「毛毛是個好孩子」等詩，陸續出籠。我曾表示，他應該多寫些成人看的東西。他不以為然，四十年十一月十九日，寫信給我說：

「你知道，兒童文藝在中國是最弱的一環。雖然目前兒童讀物多如春筍，嚴格說來又有幾種合格的呢！較之英、美、日本，可謂少得可憐又可憐。我不敢說我的兒童詩寫得怎樣好，但是在這裡就沒有人肯花功夫去給孩子們寫東西。你想一般成了名的，或出了名的，或不成名也不出名的，都想用『大塊文章』去換錢，得獎金。有誰肯花大半天的氣力，去換兩包香煙錢呢！我不是在吹牛，說我如何如何。總之我不想，也從來沒有熱衷於什麼成就。你知道，群衆是最好的考驗，孩子們也是有他們的鑑賞能力的。」

多麼無知啊？我不僅未予他任何鼓勵，反而給他在寫作上澆了冷水。從上述一段話中可知楊喚對文學的基本精神：「不熱衷成就」的人，每每有意外的成就。

不僅如此，他那時還雄心勃勃地要辦兒童刊物。四十年十一月間，並在信中告訴我：「台北出版界氣勢蓬勃，尤以兒童刊物為多。……我看了之後，大為技癢。錢不給你幫忙、做主，不然怕得一顯身手，自己非辦一個不可。」

在此以前，三十九年七月，他即曾寫信告訴我：

「你說錯了，寫童話，是需要一支美麗纖巧細膩的筆。孩子是株芽，我願意做一名平凡又平凡的小園丁。」（見光啟版「楊喚書簡」，頁14～16）

2發表園地少。在當時楊喚的兒童詩雖然有著絕大的成就，但他依然是默默無名的。因爲那時根本就沒有人注意到兒童文學。而可供發表的園地更少。我們從前面發表日期與書簡對照表中，可以知道，「祝福」一首未被錄用。而「童話裡的王國」，是寫成後半年之久才發表。至於「春天在哪兒呀？」、「夏夜」，則是寫完後一年才發表的作品。這種錄用的比率，自然容易使創作動機消失。

3興趣轉移。楊喚認識李莎後，對他的寫作生涯有極大的影響。他拓展了他的生活領域，更重要的是從李莎身上得到了友誼和動機，於是他開始發表新詩作品。

在民國四十一年二月一日給康稔的信裡說：

最近和那個寫詩的李莎常有來往。從而多知道一點當今文壇內幕，在這裡我不打算寫他們怎麼污，怎麼髒。不過，我想告訴你的是，你可以多寫些文章。（見全集下冊，頁389）

而歸人有「附註」云：

李莎，當代名詩人之一。先曾以李放筆名寫作。民國四十一年初與楊喚結識。這對楊喚的寫作事業，頗有影響力。因為，他和「詩壇」發生關係了。他以楊喚為筆名，開始在「新詩」週刊等園地發表抒情詩，當由此始，但童話詩則幾乎不大寫了。（見全集下冊，頁390）

在民國四十年十一月十九日給康稔的信裡，他仍在暢談「兒童文學」（見全集下冊，頁361～362），而在民國四十一年二月以後，已然成為過去。從此在他的書簡裡再也沒有看到有關談到兒童詩或兒童文學的字眼出現。

三、楊喚兒童詩的特色

就當時「中央日報・兒童周刊」的作品而言，「金馬」的刊登率是最高的，而作品的處理方式也很醒目，可是他依然是默默無名的，以後也是如此。因爲那時候根本沒有人注意到兒童文學。就是在去世後，也只有那些窮詩人爲他窮忙，而「中央日報」的「兒童周刊」似乎也無任何衷悼之詞。

雖然，兒童文學不受重視，然而，其間仍有人重視與喜愛楊喚的作品。就他的兒童詩而論，在去世之初，有紀弦、覃子豪等生前好友的評論文章，而後有司徒衛、李元貞的評介，直到民國六十年以後，始引起普遍的重視與喜愛。以下試列各家的評論以見其兒童詩的風格與特色。

覃子豪於「論楊喚的詩」一文裡說：

> 楊喚的童話詩，和他的抒情詩一樣，有新鮮的內容，獨創的格調，不是陳腔濫調的兒歌，是培育兒童心靈的新鮮的讀物。(見全集下册，頁513～514)

紀弦於「楊喚的遺著：風景」裡說：

楊喚除了寫他的抒情詩之外，還常常為兒童們寫一些童話詩，並且十分成功。不消說，還是心理學上一種「補償」的行為。由於他本人從小得不到母愛的滿足，因之他特別喜愛兒童，喜愛童話。安徒生之所以成為他的良師益友，自然是有道理的了。其實不僅是他的童話詩中，甚至在他的寫給成人看的抒情詩裡，我們也可以隨時發現安徒生的影響。而他的童話詩之美麗和有趣味，又不只是對了兒童的胃口，就連成人看了也很過癮的哩。例如他的「七彩的虹」，真是虹一般的美麗，誰看了都會喜歡的。（見大業版「新詩論集」，頁122～123）

又於「楊喚論——當代詩人論之一」裡說：

關於楊喚的「童話詩」，我以為，這不僅是兒童的恩物，也是可供成人欣賞的一種「純粹的藝術」，如果他們還保有幾分「赤子之心」的話；不！即使是一個完全喪失了「童心」的成人，只要他讀了楊喚的「童話詩」，我相信，他也還是會得有所感動而發出會心的微笑的。因為楊喚的「童話詩」，的的確確，實實在在，是寫得太好了。其「童話詩」之成功，為五四以來所僅見；並且，自楊喚逝世後，迄今十餘年來，我們似乎還沒看見在這方面有繼起的人才。但願我們今天的詩人群，不要被那些所謂的現代詩，所謂的抽象畫，所謂的存在主義之類搞昏了頭腦，麻醉了心靈，而希望能有人認識「童話詩」的重要，從事這「純粹的藝術」之創造，替孩子們多出點力，不要讓那「騎著美麗的小白馬」離開我們而到另一世界去了的我們的好朋友的至極崇高的事業後繼無人，成了絕響才好！（見五十六年六月「南北笛」季刊第二期，頁4）

司徒衛於「楊喚的風景」一文裡云：

最後，我們應該對楊喚先生的童話詩，木然良久，由於欽敬與憾恨。一個善良的年輕靈魂，用一顆天真的詩心來為孩子們歌唱，還有誰比楊喚更適合的？樸實的形式，美麗的形象，再加上深刻優美的內容，還有誰的童話詩可以媲美楊喚的？在抒情詩裡，他的作品有憂鬱哀愁的；他在童話詩裡，卻大量地把質樸的、向上的、戰鬥的精神，傾注給無邪的幼小者。「春天在哪兒呀？」、「下雨了」、「水果們的晚會」、「眼睛」等篇，顯示出當前童話詩的高水準。

「今天，我要在我詩的小城裡完成一座偉大的建築，那就是立起你這丹麥老人的銅像。」

早夭的中國安徒生——楊喚先生——的銅像，將屹立在詩的領土與孩子們的「童話裡的王國」中。（成文版「五十年代文學論評」，頁37～38）

李元貞於「楊喚和他的詩」一文裡說：

最後，談到楊喚的童話詩，他是個開創者，而且成就輝煌。現存的十八首，每首都好。最代表性，也最為人熟知的是那首「童話裡的王國」，一首很長的童話性的敘事詩，達到一種說故事兼含抒情的效果。在他的童話詩裡，想像力的表現，尤其超絕，而且童話意像的創造，非常多面，也常常影響他的非童話詩的意像。（見五十七年三月台大中文系「新潮」十六期，頁56）

趙天儀於「楊喚的兒童詩」裡云：

楊喚的兒童詩，是富有童話的情趣與意味的，但是，他的表現非常自然，不是故意借童話的意味來裝飾的。他的兒童詩，有一部分是屬於敘事性的兒童詩，也可以說是童話詩。例如：「童話裡的王國」、「水果們的晚會」、「森林的詩」和「春天在哪兒呀」等等，這些詩較長，也較有童話的故事性的表現。又有一部份是屬於抒情性的兒童詩，這些兒童詩較短，以短小精緻取勝。在兒童詩的取材上，楊喚的兒童詩，有動物、植物、自然界以及日常生活上的感受等等，但是他的主題，多半是以愛為中心，像一個同心圓一樣，從這愛的圓心射出無比的溫暖的光芒。（見七十四年一月純文學版「風簷展書讀」，頁587）

魯蛟於「楊喚的童話世界——兼談他的四首動物詩」裡說：

特別值得一提的是，楊喚在處理兒童詩時，常常會把他的一份愛心溶在詩裡，他不但愛這個世界，更愛這個世界上的所有孩子們，他的每一首兒童詩幾乎都是如此，上面討論的這四首也不例外。至於在技巧方面，除了他那流暢的兒童語言和活潑的文字之外，最為成功的乃是那些生動的形象和適恰的比喻。這些都是兒童詩的命脈，而楊喚正是擅長這些，因此，楊喚之所以永遠活在我們的心目中，那是一件極為當然的事了。（見六十九年四月四日「布穀鳥」第一期，頁35）

徐守濤在「欣賞楊喚的『毛毛是個好孩子』」裡說：

每次翻開楊喚詩集，我總是捨不得放下。他的每一首詩，都充滿著「愛」、洋溢著「美」，提供兒童一個美麗而又感人的童話王國，讓兒童陶醉在幻想、幸福的樂園中。楊喚擁有一顆熱愛兒童的心，更具有豐富的想像和真摯的感情，所以寫出來的作品，也是一片詳和溫馨。他的詩，不但能滿足兒童的心理需求，就連我們這些幾十歲的大人，也會受他的感動，而重溫兒時的情趣，你能說他不是一個成功的詩人嗎？

在他的詩集中，每一首詩，都是迷人的。每一首詩的設計，也都是獨特的。然而，它們卻有一個共通的特性，那就是希望兒童快樂，希望兒童能在閱讀中得到啟示，能有所收穫。因此，可以說，楊喚的每一首詩，都是在刻意的佈置、安排下完成的，凡是讀過他的作品，都可以體會出這份用心良苦。假如每一個詩人，每一個從事兒童文學的人，都能拿出這份熱愛兒童的心來寫作，那麼我們的兒童，將是最幸福、最幸運的。（見六十九年七月七日「布穀鳥」第二期，頁52）

林仙龍在「愛心、和諧、幸福——談楊喚的『家』」一文裡說：

如果詩也是教育的一種形式，那麼，詩對人類的「美」的薰陶，應重於「善」的誘導、「真」的傳達，也就是說，詩不但是真的教育，善的教育，更是美的教育；它對美的捕捉、表現、追求和創造，不但比「真」、「善」更積極，而且更完整。我喜歡楊喚的童詩，理由也在此，因為楊喚的童詩不但開拓一個純真、善良的世界，更開拓了一個優美的世界：充滿愛心、和諧和幸福的世界。

「愛心」、「和諧」和「幸福」，可說是楊喚童詩的特色，幾乎每首作品都能發現：一顆晶亮的愛心閃爍著，一般和諧的氣氛瀰漫著，一種幸福的自覺

充實著；而這三種東西，也正是楊喚優美的童詩世界中，最珍貴的寶藏。（見七十年一月一日·「布穀鳥」第四期，頁46）

林加春於「從楊喚的心態談『水果們的晚會』」一文裡說：

楊喚是個天才詩人，他的新詩寫得好，他的兒童詩寫得更妙更絕。在他的兒童詩中，充滿了神奇的聯想、深刻的感受、清新的句法與無比的愛，也就因而構成了多采多姿的意境。他那無遠弗屆的想像所熔鑄出的美感，令人稱妙；他在長期吶喊、內心孤獨的生活中，卻能以豐富的情感馳騁於無涯涘的聯想領域，用純美語言，釀成當時特有的天真兒語，實在堪稱一絕。（見七十年七月七日「布穀鳥」第六期，頁57）

宋熹於「談楊喚『森林的詩』」一文裡說：

楊喚的兒童詩，不僅文字優美，情節也十分吸引人，就像一篇動聽的「童話」一樣，帶領讀者輕輕鬆鬆地走入甜蜜的夢中；而在這個夢的王國裡，楊喚又用他一向充滿愛心的彩筆，為小朋友安排了好多好多可愛的動物和植物做伴，不僅增添生活的情趣，而且還隨時隨地告訴成長中的小朋友，一些有用知識以及做人的道理。(見七十二年二月二日「布穀鳥」第十二期，頁53)

除外，吳當又有「閃亮的星」一文，專論楊喚的兒童詩，其間並論及楊喚兒童詩的特色與技巧，其所論要旨不出前列各家的說法。

綜觀以上各家的見解，可以瞭解楊喚兒童詩的風格與特色，也更可以肯定的說：其風格與特色皆在於童話精神而已。

申言之，飽經憂患的楊喚，把他對於童年與故鄉的嚮往，常寄以美麗的夢想。他永遠有這樣的幻想：

月光，銀色的海，藍色的海，美麗的美人魚，美麗的星子，紅紅的燈籠，紅紅的珊瑚。(見全集下冊，頁284)

於是，他走進了童話世界，並且致力於兒童詩的創作，在童話的世界裡，能使他從現實世界裡獲得自由與愛，他更想把他的不幸昇華，化成千千萬萬的愛，並用愛編織成一個眞善美的童話世界，在這個童話世界裡充滿愛心、和諧和幸福。這種愛心，和諧和幸福便是他的基本精神。

童話的世界裡，其秩序是由想像構造而成的。因想像而使現實世界裡的不可能的事，在童話世界裡卻是一種美麗的存在。這種美麗的童話世界，即是「天地萬物的大社會」。在楊喚的兒童詩裡，便是以轉化手法來描寫這個「天地萬物的大社會」。

轉化，是修辭表意方法之一。是描寫一件事物時，轉變其原來性質，化成另一種本質截然不同的事物，而加以形容敍述的手法。在早期的修辭學中，轉化或稱爲「比擬」，或稱「假擬」，都容易與「譬喻」混淆。後來于在春改稱「轉化」，轉化有「人性化」、「物性化」、「形象化」三種。楊喚的兒童詩皆以人性化爲主，也就是所謂的擬人法。這種人性化，就是把人類的心情投射於外物，把外物看成人類一類，而加以描述，於是乎如夢似幻的童話世界因而存在。

這種童話世界的想像是由轉化擬人而來。要把萬事萬物寫得有聲有色，寫得具有人性，則必須具備有基本的觀察能力，多觀察，體會自會深。能深入自能掌握萬物之性。這種觀察在修辭上亦有稱之爲摹寫。摹寫是指事物的各種感受，加以形容描寫。摹寫的對象，包括視覺、聽覺、嗅覺、觸覺等等的感受。楊喚兒童詩裡的想像與轉化，皆自觀察的摹寫而來，所以能構成優美的畫面及多采多姿的意境。除外，他也喜歡用重複、對比等手法，同時他又喜歡用藍、白、綠、金黃等色來寫兒童詩。

楊喚雖然構成一個美麗的童話世界給小孩，但他也不忘對孩子的叮嚀與期待。這種強烈的教化似乎有背童話精神，楊喚何以會如此注重教養，向明在「楊喚與米爾思」一文裡有所解釋：

> 我發覺在楊喚現存的十八首兒童詩中，幾乎五分之四以上的詩都能找得出教化的痕跡。為什麼會這麼強烈呢？就大的推論言，我想這是楊喚守先賢「詩必言志」的結果。而就楊喚的個人背景去追溯，則可歸之於楊喚不幸的童年。由於自小就遭受到與「小白菜」同樣的命運（「楊喚書簡」第83頁及123頁），所以他對童年常寄以美麗的夢想，他要天下每個孩子都是幸福的寵兒，他關愛天下每一個孩子；當然愛得愈深，叮嚀也就愈切了。（見「布穀鳥」詩刊第一期，頁38）

又楊喚的兒童詩一般說來不太注重韻脚，而著重在全篇的自然節律和一氣呵成的氣勢，在幾首較長的童話詩裡，則慣用「了、啦、哪、呀、吧」等助詞，並且把這些助詞重複使用，且採用動詞暗喻法，如「回家了」、「來了」、「睡了」，使節奏緩慢有致，因此楊喚的兒童詩適合朗誦和表演。

總之，楊喚因為著重在童話精神，所以作品風格優美。他的兒童詩，並不是模仿兒童的口氣，而是以一種大哥哥、大姐姐的口吻和兒童說話，話中帶著童趣的鼓勵和誘惑，即使成人看了也感到親切和興起振奮感。

四、楊喚兒童詩的分析

前節已透過各家的論述，以見楊喚兒童的詩的風格與特色，而本節擬以他的二十首兒童詩，就「內容、篇幅、觀點、角色、用韻、修辭、特色」等七項進行分析，其間並參考各家的論述。這種列項分析，較能把握住定向、定性的原則，雖有失量化的傾向，但是在詩的「有機體」前提之下，量化自有其存在價值。其間，有關用韻部份，韻脚的認定，是以段為主；而韻部，則以「中華新韻」為據，並多少考慮到整首各行句末用字的現象。又「中華新韻」未將輕聲字納入韻部，是以詞尾、助詞、助動詞、介詞等輕聲字，亦皆不視為韻脚或韻。至於修辭，童話要皆以擬人轉化為主，因此，在分析中有關擬人轉化部分亦不論。

楊喚的兒童詩，無論在技巧和內容上，都有獨特的地方。然而，它們卻有一個共同的特性，那就是童話精神，也就是希望兒童快樂。希望透過列項分析，能使讀者有所啓示與收穫。試分析如下。

(一)童話裡的王國

內容：這首詩敍述小弟弟夢見自己參加老鼠公主的婚禮，極盡想像力之表現。這是一顆嚮往童年的心，孩子是天眞無邪的，童年的王國在記憶裡永遠是有著絢麗燦爛美麗的顏色的。

篇幅：九段六十二行。

觀點：第三人稱全知觀點。

角色：以小弟爲主，並有老鼠、小白馬、太陽、風等。

用韻：本詩以輕聲等字、或相同的字，造成詩的節奏感。至於實際上各段的韻脚並不多。可見韻脚有：去、去、他、他、叭、他。馬。是、士、髮、娃。去、婿。以韻部言有：十一魚、一麻、五支。

修辭：有明喻、複疊、感嘆、設問。句末用助詞特多。「子」十五次、「啦」六次、「哪」二次、「呀」八次、「吧」二次、「罷」一次。可見小弟弟到童話王國時那種內心激昂之情，以及對景物、人事之好奇。只是他對助詞的應用似乎不合語音學原理。黃慶萱「修辭學」有云：

感歎句所用的助詞，根據黎錦熙的研究，基本上仍然是ㄚ和ㄛ。但因緊連上面的詞，往往上面的詞「收」甚麼音，助詞就跟著發什麼音。例如：上詞收ㄧ、ㄩ、ㄞ、ㄟ的，助詞用呀或喲。如：「你呀」、「來喲」、「去呀」、「對呀」。上詞收ㄨ、ㄠ、ㄡ的，助詞用哇、喏。如：「哭喏」、「好哇」、「有哇」。上詞收ㄢ、ㄣ的，助詞用哪、喏。如：「您哪」、「看喏」。上詞收ㄤ、ㄥ的，助詞用哦。如：「聽哦」。上詞收ㄚ、ㄛ、ㄜ、ㄝ、ㄓ、ㄗ的，助詞用啊。如：「他啊」、「我啊」、「是啊」、「兒子啊」。

這種由語言實例歸納而得的原則，頗符合語音學的原理。（見三民書局版，頁33～34）

特色：這是一首很長的童話性的敍事詩，達到一種說故事兼含抒情的效果。全詩以助詞構成自然節律並兼具韻脚的作用，頗適合朗誦，這是他的童話詩所共有的現象。

㈡七彩的虹

內容：敘述彩虹形成的原因，寓意勤勉。
篇幅：二段十一行。
觀點：第三人稱全知觀點。
角色：以小雨點們為主，無動物角色。
用韻：韻脚有：令、廷。空、虹。韻部以七庚十八東為主。
修辭：雖無特殊手法，但節奏明快，頗具動感。
特色：唯一以自然界物理現象為題材者。

㈢水果們的晚會

內容：藉水果外型，設想午夜水果們熱鬧喜悅的晚會氣氛。寓意樂觀度過黑暗，迎向光明。
篇幅：三段二十行。
觀點：第三人稱全知觀點。
角色：全詩以八種水果為主。無動物角色。

用韻：韻脚有：光、場。長、響、簧、掌。唱、陽。韻部以十六唐為主。
修辭：有複疊。利用投射、移情與對比的手法、來表明他的意念。
特色：末段承前段，並用擬物為人的動詞法，寫出題旨，可謂神來之筆。

㈣美麗島

內容：歌誦寶島台灣。
篇幅：六段十八行。
觀點：第一人稱旁知觀點。
角色：我、你、她。有動物、植物、小弟弟。
用韻：韻脚有：海、來。天、開。整首韻部言，有九開、十四寒。
修辭：全詩用語明朗，句子平實，節奏和諧自然。其形式的設計以類疊、對比、排比為主。
特色：這是一首寫實的兒童詩，且是唯一不以轉化擬人為主要修辭手法者，但全詩仍富有色彩與童趣。

㈤夏夜

內容：透過童心與想像，描繪出夢幻般的童話世界的夏夜。

篇幅：二段二十八行。

觀點：第三人稱全知觀點。

角色：動物、植物、昆蟲、小弟弟、小妹妹。

用韻：本詩以輕聲「了」、「呀」、「著」等字造成輕快的節奏感。韻脚有：家、來。夜、飛、水、睡、醒、行。韻部有：九開、一麻、四皆、八微、十七庚。

修辭：以排比、重複、摹寫、借喻爲主。

特色：句末助詞多。並且單純地重複著「回家了」、「來了」、「睡了」、「爬下來了」、「睡了」、「醒著」。這些擬人的動詞，與一般明比不同，它是完全採取用動詞暗喻法，就擬人效果而言，可達物人一體。又其單純重複，使節奏單純，自然而輕快，也是本詩成功的原因。總之，這首詩在意象和意境上的創造，及渲染的成功，給人留下不可抹滅的夢幻般的美感。

㈥春天在那兒呀？

內容：描寫春天到來那種濃郁感人的情趣，全首充滿著一片純美真摯的詩情，洋溢著一片可愛活潑的童趣。

篇幅：四段二十七行。

觀點：第三人稱全知觀點。

角色：以小弟弟為主。並有海鷗、燕子、麻雀、太陽等。

用韻：韻脚有：清、聽。行、聲。燒、笑、課、歌、巷、牆。床、鄉。韻部有：十七庚、十三豪、三歌、十六唐。

修辭：以摹寫、類句、排比、層遞、引用為主。尤以透過摹寫，把春天這個摸不著、看不見的東西，予以形象化的表現後變成了可感、可觸、可見、可聞的實體。

特色：首段的形式似風箏的圖象。在摹寫、排比、類句之中，寓層遞逼進論式。就心理學的立場而言，層遞由於其上下各句意義的規律化，易於瞭解與記憶，因而滿足了人類邏輯思維而使人快樂。本詩通過詩人之筆的魔杖，把春天點化得活形活現，春天被描寫得活潑靈巧，多彩多姿，而場面更是熱鬧。至於結尾沾添現實，可說是當時共有的心聲。

(七)森林的詩

內容：藉植物、動物出場，而描繪出一幅令人著迷的森林樂園，其寓意在於友愛。

篇幅：七段四十九行。

觀點：第三人稱全知觀點。

角色：喜鵲、小菌子、啄木鳥、白兎、畫眉、狐狸、狼、貓頭鷹。

用韻：韻脚有：好、好、窗、陽。珠、伍。敬、生、晚、飯、計、器、查、巴。朶、作、瓜、芽。情、生、字、室。覺、笑。韻部有：十三豪、十六唐、十模、十四寒、七齊、一痲、二波、十七庚、五支、十三豪。

修辭：有倒裝。以趣味的筆調、比喻或擬人的手法，用簡單的幾句話把描寫對象的特徵交代得一清二楚。

特色：予以簡易素描的修辭手法，使人容易產生心靈的共鳴，同時亦能發生會心的微笑。又本詩雖然主題完整，頗富啓示，但實際上卻可以把它當做是七首短詩的組合。

(八)花

內容：描繪各種花的形象，並賦予愛與美化的意義。
篇幅：二段十五行。
觀點：第三人稱全知觀點。
角色：以花為主，並有細雨、微風、夜鶯、蜜蜂等。
用韻：韻脚有：呤、鈴、啦、叭、髮、話、大、家、牙。韻部有：十七庚、一麻。
修辭：以「有」、「花」為類字，並輔以排比手法。
特色：首段用排比以類舉各種花，並肯定其美與大。後段藉人、學校、醫院等外物以烘托本詩之意旨，本詩較具理趣。

(九)下雨了

內容：描繪下雨時所見之情景與物，寓意勇敢。
篇幅：一段十三行。
觀點：第三人稱全知觀點。
角色：太陽、火車、汽車、脚踏車、郵筒、小鴨、小鵝、麻雀、小妹妹、海燕等。

用韻：韻脚有：假、家、筒、動、興、聲、行。韻部有：一麻、十八東、十七庚。

修辭：有夸飾、倒裝。以轉化擬人手法爲主，但卻能夠化平常習見的形象爲優美動人的意象。

特色：寓意在最後兩行詩句中呈現。

(十)小紙船

內容：透過想像，描述小紙船載小蟋蟀過河去參加音樂會，還有載小螞蟻過河回家去，寓意助人。

篇幅：六段三十一行。

觀點：第一人稱旁知觀點。

角色：以小紙船、你爲主。並有小蟋蟀、小螞蟻、太陽、雲彩等。

用韻：韻脚有：媽、家。臉、帆。划、花、叭。頭、候、手、口。韻部有：一麻、十四寒、十二候。

修辭：以類疊、歸納爲主。句末語氣助詞多。

特色：採第一人稱旁知觀點，用我對第二人稱的你訴說，（「你」用了七次）頗具親切之感，又本詩意象原屬平常所見，今經楊喚重新組合，就有新鮮之感，且挑起人們豐富的想像與感受。

㈩小蝸牛

小蝸牛、小螞蟻、小蟋蟀、小蜘蛛四首短詩，「中央日報・兒童周刊」發表時，合題爲「快樂的歌」，視其爲一個系列，一個組曲。而今各種詩集皆以單首視之。爲解說方便，亦採單首處理。

內容：藉小蝸牛自述生態情況，並以發抒不滿情緒。

篇幅：一段十行。

觀點：第一人稱。

角色：小蝸牛。

用韻：韻脚有：路、樹、慌、訪、陽、方。韻部有：十模、十六唐。

修辭：有設問、雙關。用動詞擬物爲人手法，更具生動。並且疊句與排比的技巧，造成蝸牛沉重的無力感。

特色：這首詩結尾帶有牢騷與不滿之情緒，這是他其他兒童詩所未見的獨有現象。魯蛟在「楊喚的童話世界——兼談他的四首動物詩」曾說：

「問問他：為什麼他不來照一照，我住的那樣又濕又髒的鬼地方？」表面看來，這是幾句牢騷話，是小蝸牛的牢騷，也是楊喚的牢騷，然而，可能兩者都不是，而是楊喚替整個的人類在說話，尤其是那些痛苦的和不幸的。這一點才是楊喚所要表達的，也是這首短詩裡的精華。

（見六十九年四月四日「布穀鳥」第一期，頁33）

㈢小螞蟻

內容：藉小螞蟻們的自述，寓意合群，團結與善良之觀念。

篇幅：一段八行。

觀點：第一人稱。

角色：小螞蟻們、小菌子、小妹妹等。

用韻：韻脚有：線、傘、船。韻部以十四寒爲主。

修辭：以比喻爲主。後面四句是對偶，藉平衡或勻稱之美感，用以表現知足與常樂的心態。

特色：就「快樂的歌」系列組曲而言，此詩抒情意味與童話意味最濃。

㈩小蟋蟀

內容：藉小蟋蟀扮演多變化的角色，帶給人一個優美的夜晚，充滿了百聽不厭的「克利利！克利利！」的鳴叫聲，使初夏的夜晚熱鬧了起來，尤其有母親床前的故事，把孩子們的睡覺帶入更甜蜜的夢中，使人回味無窮。這首詩並有告誡與關注的意味。

篇幅：一段九行。

觀點：混合式觀點。

角色：小蟋蟀角色變換不定。

用韻：韻脚有：利、髒、亮，韻部以七齊、十六唐爲主。

修辭：有設問、摹聲。楊喚在這首詩裡安排了一些蟋蟀的鳴叫，反覆的「克利利！克利利！」這是一種技巧，一種奇妙的技巧，一首九行的詩有四行「克利利！克利利！」不但不覺得累贅，反而增加了詩的氣氛，鮮活了詩的內容。

特色：這首詩可說是用聲音寫的詩。全詩計九行，卻表現了一個深遠而完美的情境，藉小蟋蟀的鳴叫聲，表現了夜的美，表現了慈母的關懷，並且注入了教育性的勸導。本詩是唯一充滿了歌謠意味者，是一首可以朗朗上口，且流暢輕快的童謠。

⒁小蜘蛛

內容：藉小蜘蛛的自述，以表達一些正義感和是非感，並見小蜘蛛的愛心。

篇幅：一段八行。

觀點：第一人稱。

角色：小蜘蛛、小蚊子、小蒼蠅、蜜蜂。

用韻：韻脚有：膀、糖、網、網、家。韻部以十六唐爲主。

修辭：這首詩以「家」爲線眼，前面以「黏住」，「網」爲伏筆，最後以「是我家」作結，頗有畫龍點睛之趣味。

特色：這首詩，楊喚喚起小朋友對小蜘蛛的好奇，讓他們神遊於蜘蛛網的神秘，而在不知不覺之中，與小蜘蛛彼此認同。準確的掌握了小朋友清純的情感世界，並流露出一派天眞無邪的童心。

㈤ 肥皂之歌

內容：藉肥皂自述，旨在勉勵孩子養成良好衛生習慣，快快樂樂去上學。

篇幅：一段十四行。

觀點：第一人稱。

角色：肥皂、小朋友們，無動物。

用韻：韻腳有：皂、傲、泡、友、手、校。韻部以十三豪、十三候爲主。

修辭：有呼告。詩句樸實，僅用類疊，以及一個感嘆，以表露祈求之情。

特色：這首詩以第一人稱的肥皂自述，是楊喚兒童詩中，唯一以「歌」爲詩題者，在詩中重複用十次的「我」（有一次是用「我們」）向你們（用五次）訴說，更見誠懇眞摯之情。但一般說來，這首詩未能充分利用讀者的想像、推理能力，不易引起讀者好奇心。

㈥ 眼睛

內容：由對四種不同眼睛的描述，而引出了孩子的眼睛，且充滿了激勵之情。

篇幅：五段十八行。
觀點：第一人稱旁知觀點。
角色：小黑貓、小麻雀、小老鼠、媽媽、你。
用韻：韻脚有：睛、燈。聽。韻部有：十七庚。
修辭：形式與段落設計，由遠而近，而及本身，亦即是以襯托爲主要手法。前三段皆屬起興的「襯」，第四段已進入「托」，至末段烘托而出，呈現正題。
特色：前三段敍述小黑貓、小麻雀、小老鼠三種動物的眼睛。而四、五段一反客觀敍述，擬以旁知的我，對你（用五次）訴說。可見懇切之情。又末段連續用三次「要向著……打開來呀！」類疊、排比。感嘆兼之，更見單一、眞摯之希冀。

㈩七 家

內容：這首詩把動物們有家的幸福，和風、雲無家可歸的可憐相對比，使人深切體認到有家的好。而後引出弟弟、妹妹都有個幸福溫暖的家，詩由正面而反面，又由反面而正面，家的溫馨就在這對比之間顯現無遺。

篇幅：二段十三行。

觀點：第三人稱全知觀點。

角色：小毛蟲、蝴蝶、鳥兒、螞蟻、蜜蜂、螃蟹、小魚、風、雲、小弟弟、小妹妹、媽媽、爸爸。

用韻：韻脚有：藍、窠。家、大。韻部有：ㄢ、ㄜ歌、ㄚ麻。

修辭：形式設計以正反對比爲主要手法。又用類字手法形成重複句型。全詩十三句中，第一句和第二句，第三句和第四句，第七句、第八句和第九句、第十句，其語法和句型都一樣。重複句型的使用，更見其音樂性。

特色：這首詩的布局，以正面積極的歌詠和反面消極的憐憫之對比爲主，而家的溫馨就在這對比之間顯現無遺。我們可以說，這首詩不止是表達自然間的「原始愛」，或人對自然界的「關照之愛」，更重要的是表達人和人之間的愛，父母和子女的親情，這種親情，作者藉「家」將它由疏遠而親近，層層逼近，將人間的親情寫得十分親切而又細膩。

(十六)快上學去吧！

內容：透過小書包、老鬧鐘的催促，以及眼睛、耳朵、鼻子、手、脚、開會同意罷工的激將法，勉勵小弟弟上學去讀書。

篇幅：一段十九行。

觀點：第三人稱全知觀點。

角色：小弟弟、小書包、老鬧鐘、眼睛、耳朵、鼻子、手、脚，無動物。

用韻：韻脚有：陽、嚷、床、睡、會、睡、作、好、吵。韻部有：十六唐、八微、二波、十三豪。

修辭：其形式設計以映襯為主。由前面小書包、老鬧鐘和眼睛、鼻子、耳朵、手、脚兩組不同事實，相互比較起，首先給人相當強烈之衝擊，而後眼睛、耳朵、鼻子、手、脚，用類疊、感嘆、重複、映現，造成激將效果，而後歸納出「我要做一個好孩子，再也不懶惰！」。

特色：詩題簡潔有力，並見祈求之情。又其教育性採擬人直接表達方式。

㈩九給你寫一封信

內容：楊喚利用文具、教科書等寫出對那個不愛唸書的小主人的希望。在晴朗的星期天，小主人一大早就跑出去玩，而它們在家裡想念著他。透過詩句，我們可以看到一群可愛的教科書、筆記簿、刀子、筆，緊緊的拉著小主人，苦苦的哀求，希望被愛的畫面。這種情感的眞摯，被愛需要的迫切，還有那份爲小主人赴湯蹈火的精神，是多麼令人感動。這首詩旨在勉勵小朋友要努力讀書。

篇幅：七段四十一行。

觀點：第一人稱。

角色：以筆爲敍述主角。並有小朋友、教科書、刀片等，無動物。

用韻：韻脚有：氣、西、管、臉。人、近。裏、你。病、生。題、筆、皮、記。你。韻部計有：七齊、十四寒、十五痕、十七庚。

修辭：以映襯、呼告爲主，以呼告代替「快上學去吧！」的感嘆手法。這種呼告，是在情緒激勵時才使用，在被呼告者來說，會有被當頭一棒，突然警覺的感受。

特色：詩題用委婉、哀求之語調，似乎是直接溝通失效後的無奈方式，這種委婉、哀求的呼告，頗具情緒效果。又全詩擬以第一人稱（鉛筆）的我與我們（包括教科書），對你（用三次）重複以呼告方式的訴求，更見情感的眞摯與被愛的需求。並在情感的眞摯與被愛的需求中，直接表露出其教育性。

㈢十毛毛是個好孩子

內容：描繪夏天的來臨與特色。作者用智慧的眼光指引兒童去認識身邊的環境，用純美的心，去引導兒童欣賞身邊的環境，並以最眞摯的感受，去教導兒童心存感激。詩中沒有嚴肅的說教，有的都是美、都是愛、都是情趣。

篇幅：五段四十二行。

觀點：第三人稱全知觀點。

角色：毛毛、夏天、傘、蟬、南風、蜜蜂、喇叭等。

用韻：韻脚有：息、西、被、睡。怕。熱、歌。韻部有：七齊、八微、三歌。

修辭：前面兩段連續使用「來了」，使人感覺到夏天眞的就來到。同時，又用喜歡夏天與不喜歡夏天映襯比較，而後引出來第四段「夏天先生是毛毛的好朋友」，主客易位，毛毛成爲主角，終於第五段「毛毛是個好孩子」以呼應詩題。

特色：詩題有趣，容易吸引人。而其結構是主角人物，在映襯烘托中到四、五段才出現。這是一首趣味性非常濃的詩，題目雖然是毛毛，實際上卻是把夏天的來臨，夏天的特色，在輕鬆而又活潑的氣氛中托出，這種表現方式，使兒童在不知不覺中，將新舊經驗融會在一起，這樣不但知識的領域加寬了，感情的成分也加濃了，這是一種優美的情操，也是一種高明的教育方式。

五、楊喚在兒童詩發展史上的地位

在我國的兒童文學史上，無疑的，楊喚是一個極爲重要的人物，在民國四十年前後的那段時期裡，當我們在接受著貧困與戰爭的震撼時，飽經憂患的楊喚便已經開始用他的兒童詩來給孩子們提供精神營養了。我們可以說在台灣兒童文學的開路工作中，他是重要的工程師之一。許義宗先生在「兒童詩的理論與發展」一書裡說：

政府播遷來台以後，「中央日報．兒童周刊」於民國三十八年初創刊。有一位年輕的詩人——楊喚，對兒童有一份深厚的愛心；他以「金馬」為筆名，經常將其創作的「兒童詩」發表在這個周刊上，而且頗有成就。他的詩作計有「童話裡的王國」、「夏夜」、「水果們的晚會」等十八篇，都清新可愛，洋溢著迷人的美。很可惜這位充滿才華的詩人，在二十五歲時就離開了人間。他的出現，有如寒夜中的流星，雖然短暫，但是在童話詩的王國裡，卻已經放出無比的光芒，奠定了不朽的地位！（見自印本，頁67）

又魯蛟於「楊喚的童詩中——兼談他的四首動物詩」一文裡說：

楊喚的兒童詩，幾乎成為我國這三十年來兒童詩的創作模本，甚多的詩作者，都在以楊喚的創作形式來創作兒童詩，因此，楊氏的作品便廣泛的流傳了起來，也有更多的作品被人們品評和討論；民國四十三年九月由現代詩社出版的「風景」一書中的十八首兒童詩，常久以來都是兒童文學愛好者們的討論對象。（見六十九年四月四日「布穀鳥」第一期，頁32）

而歸人在「楊喚全集」的「前記」裡更肯定的說：

殘稿之外，更發現幾張稿紙上僅寫了題目和筆名，或單有題目，連筆名也付闕如的，且沒寫一個字。這大概都是四十一年以前的事。雖然如此，自由中國兒童文學的開路工作中，他是最重要的工程師，大概是人人同意的。（見全集上冊，頁4～5）

正因如此，他去世不久，生前發表的有限作品——抒情詩共約四十首，兒童詩不滿二十篇，立即引起普遍的重視與喜愛。三十年來，公、私出版機構或印行為單行本或輯入為選本的，數見不鮮；悼念及評論文字，尤不知凡幾。由小學課本、中學教科書、乃至研究生的論文、選入或作為主題的，早已司空見慣。他的詩文被學者、作家、博士、教授引用、或摹倣的，則有目共睹，群以為榮。又有楊喚紀念獎之設立。至於集會朗誦其作品者，就更時有所聞了。古人謂「千秋萬歲名，寂寞身後事」，僅有不滿二十五年生命旅程的楊喚，世人給予他的殊榮，他應該引以為慰吧？無論中外、無論古今，像他的孤苦身世，坎坷際遇，其作品竟獲得如許的廣大共鳴者，實鮮有其匹。這是他生前從未想到，也不願想到的事呢！

而今，三十年一晃已過。蓋棺論定，生前一無所有的楊喚，他的「美好的完成」，業已完全被人肯定的走進文史的殿堂了。身後的他，絕不寂寞！（見全集上册，頁10～11）

我們肯定楊喚的成就與地位。我們也要知道，楊喚是楊喚，楊喚並不代表著兒童詩。楊喚的兒童詩以童話世界取勝，因此頗重視想像，這種想像必根植生活，始能有眞摯的感情，而後方能提供一個美麗而又感人的童話王國，讓兒童陶醉在幻想、幸福的樂園中。反之，缺乏眞實的生活與感情，只能用比喻的想像，其表現多半流於「觀念化」。用比喻、想像、憑物像作詩的方法，雖有其方便處，但卻容易流於形式與僵化，此即無實際生活所致，因此所謂的比喻、想像，皆成固定的遊戲模式而已。這種固定的遊戲模式，雖能繪出一種想像美景，卻顯明的有「象」而無「境」，這是寫童話詩者該引爲戒惕之處。林鍾隆先生曾因兒童詩的僵化，而歸罪於楊喚。

他在「台灣兒童詩的形成與現況」裡說：

本文所討論的兒童詩，包含兒童作品和成人作品，因為台灣的兒童詩，是由成人作品帶頭的。

台灣的兒童詩，發展到現在，已形成了一種模式，而這種模式，已逐漸引起讀者，特別是識者的厭惡，非改弦易轍不可。要突破現狀，如何突破現狀，史的瞭解是很必要的基礎，因此，回顧台灣兒童詩的發展軌跡，是一種必要的工作。

台灣早期的兒童詩，可以說是由「模倣」而來的。我所謂的模倣，有兩種含義：

1在台灣，首先發表兒童詩的，現在，大家所知道的，只有楊喚。而楊喚的兒童詩，靈感多來自「綠原」的詩，甚至詩中語句也有很多從綠原的詩中抄襲，變造而來的。如大家很欣賞的描寫，太陽滾著火輪子的說法，就是綠原先創造的。

2在台灣，首先指導兒童作詩的是黃基博老師。時間大概在民國五十五年前後。那時候，由於台灣沒有兒童詩，指導兒童作詩最大的困難是，學生對兒童詩，完全是白紙，沒有好的兒童詩可供兒童欣賞參考，黃基博老師只好自己作兒童詩，做為指導兒童詩的教材。所以，我們的兒童詩，是兒童模做大人的詩起步的。

目前，談兒童詩的人，對楊喚的評價很高，但是，他的地位，在我心目中，要比一般人的推崇低很多。因為我在很多年前，在「幼獅文藝」上面，看過一篇比較楊喚和綠原的詩的文章，知道楊喚抄襲的成分很濃。天下文章一大抄，很多缺乏天才的人，對這一點不敢計較，因為他們自己也是如此。可是，立志要成為傳世的作家的人，絕不應該有抄襲人家，模倣人家的「習作」當作「創作」發表的輕率。

楊喚是不是沒有天才？也不是。楊喚，可以說，死得太早，他的兒童詩，還在「習作」階段，他還要靠綠原的詩給他靈感，要借綠原的句子來變造去描述，才有辦法創作他的詩；他還沒有發達到，靈感不必來自別人的詩或文章，面貌從自我的生活感受或幻想的心靈中吸取，他的詞句，還不能做到，不必參考人家的語言，能凝視自我心的意象，用自己的語言，把那意象「讀」出來。由於楊喚是個未成熟的天才，所以，他的兒童詩，在「純創作」上，只留下來十分，不完全「成熟」的作品。

楊喚能夠從事兒童詩的創作，而和他同時代的人卻不能注意到這一點，這是楊喚的聰明，照理說，人都是愛小孩的，多多少少會為小孩做些事。但是，由於楊喚的生命太短，寫兒童詩的時間更短，以至產生了一種極不可原諒的，很不好的影響，使我們的兒童詩，停滯了二十多年。

這話作怎麼說呢？因為在楊喚發表兒童詩的時候，沒有第二個創作兒童詩的人。因此，他的兒童詩的形式，就被認定為兒童詩的正常形態。

如果楊喚的兒童詩是多種形態的，被認定為兒童詩的正確模式，並無不可，問題出在，他只有一模式，雖有其他形式發展出來的可能性，但未成氣候，這是很不幸的。

由於他的兒童詩，取悅兒童的成分很多，披著兒童的外衣，多半有一點點故事味兒。因此，在「楊喚的兒童詩就是兒童詩」的認定下，兒童刊物編輯，都認為兒童詩，是要和童話一樣，為取悅兒童而寫的，要有童話或故事味兒的玩藝兒。使得後來想寫正統詩的人，如黃基博，如筆者，很難叫編輯接受沒有童話味，沒有取悅兒童傾向的詩，因此，詩，在兒童刊物上，二十年，無法出現，這是楊喚的罪過。

不過，細想起來，實在是早死之過，不是楊喚之過。相信楊喚能再活十年、二十年，他的兒童詩，也有可能出現正統的兒童詩。早死，是楊喚的不幸，也是台灣兒童詩的不幸。（見七十五年四月「笠雙月刊」第一三二期，頁93～95）

林鍾隆先生並就當時各大報兒童副刊所刊的詩加以評論。此文一出，頗引爭端。沙白曾有「台灣兒童詩批評」一文評林鍾隆先生的「台灣兒童詩的形成與現況」。在文中針對林鍾隆先生所評兒童詩提出相反的看法。（見七十五年八月「笠雙月刊」第一三四期，頁99～107）

姑不論林鍾隆先生對台灣兒童詩的看法是否正確，僅就其論楊喚的功過而言，似乎是欲加之罪，何患無辭。申言之，兒童詩並非橫空而來，兒童詩近承新詩，遠承自傳統詩歌，尤其是兒童歌謠，更是兒童詩的血緣兄弟。一味強調「模仿」而來是有意抹殺歷史的事實。又認爲在台灣，首先發表兒童詩的是楊喚，亦非事實。楊喚只是當時在「中央日報．兒童周刊」發表兒童詩較多的人而已。考「中央日報」民國三十八年三月十二日在台發行。同月十九日「兒童周刊」誕生，由孔珞主編，至民國三十八年五月七日第八期起，始由陳約文主編。在楊喚發表「童話裡的王國」之前（三十八年九月五日），「兒童周刊」已刊行二十四期。在二十四期裡，幾乎每期都有兒童詩，作者有大人，有兒童，且內容與形式亦皆形形色色，試將「中央日報・兒童周刊」前六十三期所刊兒童詩列表如下：

篇名	日期	期數	作者	說明
蕩鞦韆	38・3・19	1期	樂水	有歌譜
去吧！往那裡去——春天的歌唱——	38・3・26	2期	丁眞	
米老鼠	38・3・26	2期	琳	兒歌
佳節念難胞	38・4・4	3期	單忠	江蘇東台小朋友
朱老五磨豆腐	38・4・9	4期	成	
羅駝和郭婆	38・4・16	5期	單福官	故事詩
花狗和花貓	38・4・23	6期	林志	故事詩
救救小難民	38・4・30	7期	黃勤	
台灣小朋友眞眞好	38・5・7	8期	吳善爲	板橋小學五年級。「兒童周刊」自本期起改由陳約文主編。
親愛合作	38・5・7	8期	李良璋	中正國校六乙
小蜻蜓、摘西瓜	38・5・7	8期	小兵	兒歌

夏天的歌唱	38・5・14	9期	新土	全用比喻
我的同學	38・5・21	10期	王鳳銘	制空國校五丁
吃瓜人兒笑盈盈	38・5・28	11期	葉溫	
螢火蟲	38・5・28	11期	王斌	高職初一
睡吧！小寶貝	38・6・12	12期	勺絲	有歌譜
反詩	38・6・4	12期	劉靜	
樂樂樂	38・6・11	13期	（不可辨識）	有歌譜
那怕當頭大太陽	38・6・11	13期		未署作者
我的馬兒眞眞好	38・6・18	14期	王斌	兒歌
謎兩則	38・6・25	15期	褚家益	小兒謎
老牛	38・7・2	16期	周廣冰	北師附小五甲
再會吧！兄姊們	38・7・2	16期	吳智香	龍潭國校四年四組
猜吧！（六則）	38・7・25	19期	林玲	形式是四句，每句四字。
尋找	38・8・1	20期	何依	
奇異舞會	38・8・1	20期	葉花	
八八節八祝	38・8・8	21期	少野	
爸爸！我不喜歡你這樣	38・8・8	21期	緋緋	
給父親誠摯的祝福	38・8・8	21期	王斌	省立北商初一級
滑稽博士	38・8・15	22期	草田	

猜猜看（二則）	38．8．15	22期	王力民	
字謎（二則）	38．8．15	22期	文心	
打一字	38．8．15	22期	無名氏	
謎語（二則）	38．8．29	24期	呂美濂	
字謎	38．8．29	24期	差不多	
童話裡的王國	38．9．5	25期	金馬	
湖北民歌、南京民歌	38．9．12	26期	劉德琍	
雨的頌詞	38．9．12	26期	黃用	廈門僑師附小
風	38．9．19	27期	不子譯	史蒂芬生詩
你是誰呀	38．9．19	27期	黃景安	問答式
字謎「二則」	38．9．19	27期	尹雪美	
雙十佳節勉小友	38．10．10	30期	王覺民	
詩兩首	38．10．17	31期	本子譯	原作者一為赫爾（瑪麗有一隻羊）；一為佚名（我愛）
謎語	38．10．24	32期	張建昌	
小牧童	38．10．31	33期	蕃茄	有葉魯曲
必須運動	38．10．31	33期	蔣萼輝	國語實小

向戡亂將士們致敬	38．11．17	33期	吳祖德	建國中學（本期當爲34期，誤爲33期，以下亦皆按此順誤）
我愛我所愛的祖國	38．11．17	33期	吳儀其	學生作品
民謠三首	38．11．17	33期	朱微宇	
我總得把鞋子穿上！	38．11．14	34期	景	
源頭水	38．11．21	35期	西嵐	童謠
陝西民謠	38．11．28	36期		作者不可辨識
竹做萬鳥聲	38．12．5	37期	亞火	
謎二則	38．12．12	38期	陶勁、琚B、朱佩雪	
北平民謠二首	38．12．12	38期	眞	
小花貓	38．12．12	38期	胡迷	
秋天到	38．12．19	39期		姚菜曲
走吧！該走的時候到啦！	38．12．19	39期	丁滇	
北平民謠、迷語	38．12．19	39期	眞	
好兒童	39．1．9	42期		姚菜曲
惜別	39．1．23	44期	羅鍾琳	
歌唱	39．1．23	44期	海如	

捉迷歌	39・1・23	44期	敬之	
哥哥去當兵	39・1・23	44期		姚菜曲
謎語二則	39・1・23	44期	李佩宏	
不高興	39・1・30	45期	蔡冠群	
開汽車到修車廠	39・1・30	45期	雲夢	
風	39・2・6	46期	李佩喻	
獻給鳳山新軍	39・2・27	48期	林江河	蘇澳士敏國校
姑娘！你幹什麼啊！	39・2・27	48期	雲菁	
在風雨中前進	39・3・6	49期	徐朝聰	北商初二
花雞娘子	39・3・13	49期	蔡冠群	本期期數又誤
謎兩則	39・3・20	51期	王甯僑	本期更正爲五十一期
鄉村	39・3・27	52期	雪榴	北師附小六甲
滑翔機	39・4・3	53期	張羅	
兒童節	39・4・3	53期	阿藍詞曲	
北方民謠	39・4・3	53期	黃仲蓉	
好兒童	39・4・3	53期	裴源	北師附小
小魚兒	39・4・17	55期	阿藍詞曲	
我愛太陽	39・4・22	56期	王銳	台中市中
山歌	39・6・10	63期	書軒	柳絮曲

眼睛 39・6・10 63期 金馬

套句林鍾隆先生的話「要突破現狀，如何突破現狀，史的瞭解是很必要的基礎」，而所謂台灣兒童詩的史，並不是僅指四十年而已。

屬於楊喚的就歸楊喚，不是楊喚的我們就不必疊床架屋。楊喚早死，或許是台灣兒童詩的不幸，（別忘了，他也早已不寫兒童詩了。）但台灣兒童詩未能有正常的發達，可說是不學與無術所致，不能算是楊喚的罪過。

參考書目

《壹》

風景　楊喚著　現代詩社　43・9。
楊喚詩集　楊喚著　光啓出版社　53・9。
楊喚詩簡集　常效普主編　普天出版社　58・2。
楊喚書簡　歸人編註　霧峰出版社　58・9。
楊喚書簡　歸人編註　光啓出版社　64・4。
水果們的晚會　楊喚著　純文學出版社　65・12。
夏夜　楊喚著　偉文圖書公司68・5。
楊喚詩簡集　楊喚著　曾文出版社　73・8。

楊喚全集（兩冊）　歸人編　洪範書店　74・5。
楊喚遺稿　楊喚　43・5現代詩第六期，頁44～45。
童話詩（十八首）　楊喚遺作　見55・5・小學生雜誌社「兒童讀物研究」第二輯「童話研究專輯」，林良「童話詩人——楊喚」一文之附錄，頁225～240。
楊喚遺簡　歸人編註　見起新文藝月刊55年一二六期～56年一三五期（其間一二八期未刊登）。
楊喚兒童詩補遺　林武憲提供　見69・7・7・布穀鳥詩學季刊第二期，頁14～15。
水果們的晚會　楊喚文、龔雲鵬圖　親親幼兒圖畫書1　親親文化事業有限公司77・8。
夏夜　楊喚文、龔雲鵬圖　親親幼兒圖畫書7　親親文化事業有限公司77・8。

《貳》

生死之間　墨人　見43・5現代詩第6期，頁46。
只見過一面的朋友　季薇　見43・5現代詩集第6期　頁46～47。
悼楊喚　李春生　見43・5現代詩集第6期　頁47。

火車又長鳴而過　李莎　見43・5現代詩集第6期　頁48。
哭楊喚　孫家駿　見43・5現代詩集第6期　頁48。
懷楊喚　葉泥　見43・6台大詩歌研究社「青潮」新詩季刊革新號。
論楊喚的詩　覃子豪　見43・9・9公論報6版，並收存，43・9現代詩社「風景」。「風景」53・9改由光啓社發行，增訂易名爲「楊喚詩集」。本文見光啓版，頁122～127。原文原刊43年藍星詩周刊。並見57・5「覃子豪全集」冊二，「論現代詩」第二輯，頁387～390。
從楊喚逝世到風景出版　紀弦　見43・9現代詩社「風景」。「風景」53・9改由光啓出版社發行，並增訂易名爲「楊喚詩集」。本文見光啓本，頁158～160。
祭詩人楊喚文　紀弦　見45・10大業書店「新詩論集」，頁125～126。
楊喚的遺著「風景」　紀弦　見43・10大業書店「新詩論集」　頁116～124。
楊喚逝世十週年祭　紀弦　見53・2現代詩四十五期。
楊喚詩集序　紀弦　見光啓版「楊喚詩集」，頁3～5。
楊喚論——當代詩人評論之一　紀弦　見56・6南北笛季刊第二期，頁1～4。
憶詩人楊喚　歸人　見光啓版「楊喚詩集」，頁144～154。
楊喚的生活與文學　歸人　原刊於59・4花蓮師專學報第一期，頁109～116。又刊於

59・8幼獅文藝第二〇〇期，今收於大林出版社「踪跡」，頁117～134。並見於68・12・四版光啓出版社「楊喚書簡」，頁9～29。

舐犢之情　歸人　見61・12經綸出版社「煙」，頁141～144。

從楊喚的「花」談起　歸人　見63・5中華文藝，頁74～76。

楊喚的童話詩　黃守誠　見65・2・光啓出版社「文學初探」，頁166～176。

「楊喚書簡」後記　歸人　見68・12四版光啓出版社「楊喚書簡」，頁245～249。

楊喚的一個側影　黎芹　見71・11光啓出版社「哥哥的照片」，頁112～124。

關於楊喚答客問　林文煌專訪　黎芹作答　見71・11高雄縣仁武國中「仁中青年」十四期，頁91～99。

楊喚的書簡藝術　黎芹　見72・9台灣詩季刊第二期，頁44～45。

楊喚詩集八版校訂後記　黃守誠　見73・1・13見光啓版「楊喚詩集」，頁161～164。

中國兒童文學的開拓者——關於楊喚遺作　歸人　見74・3・7聯合報8版。

楊喚全集前記　歸人　見74・5・洪範書店「楊喚全集」，頁1～31。並有附錄「懷念楊喚」，頁509～545。各文皆爲他書附錄之文，故不重列。

天才詩人的解剖　斯泰斗　見49年幼獅文藝2、3月合刊本。

楊喚的「風景」　司徒衛　見49・6幼獅書店「書評續集」，頁17～22。並見於68・

7成文出版社「五十年代文學評論」，頁33～38。

楊喚的生平　葉泥　見53．9光啓版「楊喚詩集」，頁128～143。

童話詩人——楊喚　林良　見55．5小學生雜誌社「兒童讀物研究」第二輯，頁211～240。

評「楊喚詩集」　夏秋　見55．12「中國一周」第八六七期，頁26。

二十五歲而不憂鬱的詩人——楊喚淺談　張錦滿　見56．3．12大姆指周報

楊喚和他的詩　李元貞　見56．12新潮16期，頁38～61。並收存於68．5牧童版「文學論評——古典與現代」，頁66～101。

飽和點（以二十四歲爲例）　覃子豪　見57．5「論現代詩」第一輯，「覃子豪全集」冊二，頁251～253。

遲來的輓歌——寫在楊喚逝世十五週年　王璞　見58．7．幼獅文藝一八七期，頁153～157，並收存於光啓版「楊喚書簡」，頁231～237。

無聲的悲悼——憶青年詩人楊喚　吳自甦　原載「人生」7卷十期。今收於58．1商務版「人文學社與文化復興」，頁125～127。

簡介楊喚的詩　柯慶明　見59．12雲天出版社「萌芽的觸鬚」，頁111～114。

關於楊喚的「夏夜」　張孟三　見63．3．3國語日報．兒童文學周刊七十九期。

啊！楊喚——寫在楊喚逝世三十週年　欣厚　見63・3・3國語日報兒童文學周刊九十九期。

楊喚的兩首詩（詩人、詩）　羊令野　見63・3青年戰士報。

濺了血的童話——綠原作品初探　瘂弦　原刊63・3創世紀三十二期。並附有：綠原詩選、綠原佳句選摘，天才詩人的解剖（斯泰斗）。本文今收存於70・1洪範書店「中國新詩研究」，頁91～97。

讀楊喚的兒童詩　悅玲　見63・11・24國語日報・兒童文學周刊一三七期。

詩裡的世界——評論楊喚的兒童詩　張寶三　見64・6台中師專青年五十六期，頁19～20。

讀「楊喚詩集」與「楊喚書簡」後感——一位獻身兒童詩人　李師鄭　見64・6・10台灣新生報。

愛者與戰士——談楊喚的戰鬥情操　憶明　見65・3・22青年戰士報・詩隊伍。

探討楊喚兒童詩裡的世界　掌杉　見65・5詩人季刊五期，頁13～16。

析楊喚童話詩　趙迺定　見65・8笠詩刊七十四期，頁69～72。

「水果們的晚會」的序　林良　見65・12・26・國語日報」・兒童文學周刊二四五期。

楊喚的兒童詩——談楊喚兒童詩集「水果們的晚會」　趙天儀　原文刊於66・2幼

獅文藝，今收存於74・1純文學出版社夏祖麗編「風簷展書讀」，頁583～587。
楊喚「黃昏」　陳黎　見68・7掌門詩刊第3期。
垂滅的星　張漢良　見68・11故鄉出版社「現代詩導讀」（導讀一），頁136～138。
二十四歲　蕭蕭　見68・11故鄉出版社「現代詩導讀」（導讀一），頁133～135。
童話詩及其他　蘇樺　見69・2・24國語日報・兒童文學周刊四〇七期。
檳榔樹　文曉村　見69・4布穀鳥出版社「新詩評析一百首」上冊，頁103～105。
夏夜　文曉村　同上，下冊，頁379～384。
童話詩的先驅——楊喚　蕭蕭　見69・4故鄉出版社「中學白話詩選」，頁158～171。
其間並解說「二十四歲」一詩。
談楊喚的「美麗島」　莫渝　見69・4・4布穀鳥兒童詩學季刊第一期，頁29～31。
楊喚的童話世界——兼談他的四首動物詩　魯蛟　布穀鳥兒童詩季刊第一期，頁32～35。
楊喚與米爾思　向明　布穀鳥兒童詩季刊第一期，頁36～41。
欣賞楊喚的「毛毛是個好孩子」　徐守濤　布穀鳥兒童詩季刊第一期，頁52～55。
用聲音寫的詩——談楊喚的「小蟋蟀」　洪志明　見69・10・10布穀鳥兒童詩季刊第三期，頁32～34。

楊喚的「垂滅的星」　羅青　見69‧12爾雅出版社「從徐志摩到余光中」，頁123～128。

愛心、和諧、幸福——談楊喚的「家」　林仙龍　見70‧1‧1‧布穀鳥兒童詩學季刊第四期，頁46～48。

談楊喚的「春天在哪兒呀？」——兼論形象在童詩中的重要性　向明　見70‧4‧4布穀鳥兒童詩學季刊第五期頁51～54。

楊喚（小蜘蛛、失眠夜）　劉龍勳　見70‧4長安出版社「中國新詩賞析」，頁281～285。

從楊喚的心態談「水果們的晚會」　林加春　見70‧7‧7布穀鳥兒童詩學季刊第六期，頁57～60。

快樂、安詳、幸福的森林樂園——談楊喚「森林的詩」　宋熹　見70‧10‧10布穀鳥兒童詩學季刊第七期，頁51～53。

楊喚　蕭蕭　見71‧2故鄉出版社「現代詩入門」，頁73～74。

閃亮的星　吳當　見71‧6台東師專附小研究報告第七期，頁95～117。

論楊喚的詩　龔顯宗　見70‧8鳳凰城圖書公司「二十、三十年代新詩論集」，頁265～282。

台灣兒童詩的路標　林鍾隆　見71‧9益智書局「兒童詩觀察」，頁81～86。

楊喚　楊昌年　見71・9文史哲出版社「新詩賞析」，頁386～390。
童詩的教育性——兼談楊喚的兩首詩　吳當　見72・1・1布穀鳥兒童詩學季刊第十二期，頁53～55。
楊喚的「水果們的晚會」　趙天儀　見72・7・16商工日報「北迴歸線」。
Y・H・你在那裡？Y・H・你在這裡　林佛兒　見台灣詩季刊第二期，頁46～50。
楊喚的「小螞蟻」　李瑞騰　見73・1・21中央日報。
永遠的詩人　馮輝岳　見73・2・29・中央日報晨鐘副刊。
Y・H・你在那裡？——詩人楊喚的故事　王璞　見73・3・6聯合報8版。
快樂的小雨點——賞析楊喚的童話詩　馮輝岳　見73・3・7台灣日報副刊。
讀楊喚「給你寫一封信」　舒蘭　見73・3・7商工日報副刊。
念楊喚、唱楊喚　林武憲　見73・3・20中央日報10版。
「克利利的溫馨」——談楊喚的「小蟋蟀」　麥穗　見73・4・11・台灣時報。
紀念楊喚詩二題　麥穗　見73・4秋水特刊42期。
春天在哪兒呀？　吳正吉　見73・6復文出版社「活用修辭」，頁306～308。
楊喚詩集　展甦　見73・10前衛版「改變中學生的書」，頁155～161。
夏夜　吳正吉　見73・10・14國語日報。今收存於76・6文津出版社「文章賞析」，頁6～10。又73・6復文出版社「活用修辭」，頁330～301，301～308亦皆有短論。

析楊喚的「失眠夜」　陳冠華　見74・2・19商工日報

夏夜　楊鴻銘　見74・10文史哲出版社「國中國文課文析評第一冊」，頁15～22。

楊喚的苦惱　包文正　見74・12・8國語日報・兒童文學周刊七〇五期。

楊喚「夏夜」詩的賞析　楊如晶　見75・3國文天地第十期，頁89～91。

楊喚詩集　苦苓　見75・10晨星出版社「老師，有問題」，頁159～162。

春天在哪兒呀？——楊喚童詩賞析　吳當　見77・4國文天地第三十六期，頁86～87。

試析「春的訊息」　林文寶　見77・5・27台灣區省市師範學院「兒童文學學術研討會論文集」，頁95～102。

童詩創作之探討（其中「童詩的修辭」大皆以楊喚詩爲則）　張清榮　台灣區省立市範學院「兒童文學學術研討會論文集」，頁1～22。

童詩用韻研究示例（以楊喚、林良、林武憲三家爲例）　董忠司　台灣區省立市範學院「兒童文學學術研討會論文集」，頁123～153。

楊喚童詩賞析——家　吳當　見77・7「國文天地」第38期，頁78～79。

楊喚童詩賞析（「春天在哪兒呀？」、「下雨了」、「家」）　吳當　見77・3「台東師院實小研究報告」第十三期，頁79～94。
童話詩人楊喚　邱各容　見77・6・25台灣新生報兒童版。
楊喚童詩賞析——下雨了　吳當　見77・8・1・國文天地第三十九期，頁46～47。
楊喚童詩賞析——美麗島　吳當　見77・10・1中國語文第四十一期，頁40～42。
「夏夜」評析　邱嘉勇　見77・10國文天地第四十二期，頁36～42。
春天在哪兒呀？　謝四海　見77・11開拓出版有限公司「國中國文輔助文選」第一冊，頁20～24
楊喚童詩賞析——七彩的虹　吳當　見78・1「國文天地」第四十四期，頁96～97。

《參》

愛的藝術　佛洛姆著、孟祥森譯　志文出版社　58・6。
自卑與超越　阿德勒著、黃光國譯　志文出版社　60・9。
創造的愛　索羅金著、孫慶餘譯　時報出版公司　64・9。
焦慮與精神官能症　馬丁著、廖克玲等譯　長橋出版社　65・1。
天才與精神疾病　匹克林著、孫慶餘譯　景象出版社　66・4。

小飛俠潘彼得　何凡譯　純文學出版社　67・6。
苦悶的象徵　廚川白村著、林文瑞譯　志文出版社　68・11。
心理治療原則與方法　曾文星、徐靜吉合著　水牛出版社　70・10。
愛、生活與學習　巴士卡力著、簡宛譯　書評書目出版社　72・10。
害羞、寂寞、愛　吳靜吉著　遠流出版公司　74・9。
小飛俠併發症　Dr. Dan Kiley著、劉中華譯　遠流出版公司　75・3。
潘彼得　巴利著、梁實秋譯　台灣商務印書館人人文庫60・4，76・5・改由九歌出版社印行。
安徒生（名人偉人傳記全集之3）　任眞譯　名人出版社　無日期

附錄

「春的訊息」試析

春的訊息

「春天來了！」
「春天在哪兒？」
弟弟想了半天也弄不清；
迎著東風放長了線，
就請風箏去打聽。

燕子說：春天在天空中徘徊，
難道你沒看見潔白的雲絮，
為他寫下美麗的詩句？
麻雀說：春天在田野上散步，
難道你沒聞到青蔥的草地，
為他散布清新的氣息？
杜鵑說：春天在山澗裏旅行，
難道你沒聽見涓涓的溪水，
為他唱出歡迎的歌聲？

太陽說：
春天在天上笑著，
春天在花上笑著，
春天在溪上笑著；
春天穿過了每一條大街，
也穿過了每一條小巷，
他走進了每個人的家，
也溫暖了每個人的心房。

弟弟收回了風箏，
捲起了線，
笑著說：
「原來春天就在我們的身邊！」

一

「春天的訊息」，見於國民小學國語課本第十冊第一單元，也是該冊的第一課。該單元「春到人間」，包括「春天的訊息」、「春回大地」、「知識的寶庫」三課。「春天的訊息」是篇新體詩，「春回大地」是篇敍述文，「知識的寶庫」是篇說明文。三課皆以春天的景物爲背景。其中，「春天的訊息」是由楊喚的「春天在哪兒呀？」一詩改寫而成。

依課程標準的規定，國語科讀書、說話、作文和寫字四項，應採取混合的教學方法，而混合教學以統整與分析讀書教材爲先。本單元以教學「怎樣描寫春天及意境的方法」爲核心。又「春的訊息」依教材指引列其教學目標如下：

一、輔導兒童研讀課文，學習描寫春天意境的敘述方法。

二、輔導兒童研究本課的文句，學習描寫春天景象的詩句。

三、輔導兒童深究課文的內容，培養欣賞和想像景物的能力。（見七十二年一月初版「國民小學國語教學指引第十冊，頁53）

教學目標兼具「技能」、「認知」、「情意」等領域。因此，本文旨在透過修辭應用的技巧，對這首詩加以賞析，其間並以教學指引爲據。並和原詩做一比較，一方面可以應用於實際教學，另一方面也可以看出改寫者用心之所在。

二

「春天的訊息」是描寫春天景物的新體詩。這首詩完全運用轉化中擬人手法，來描繪各種景象，藉鳥兒們的傳達，知道春天來了的消息。

擬人手法是訴之於人類情感的修辭法。其基礎是建立在「移情作用」上。所謂移情作用，是透過移情，把人和自然的隔閡打破，讓沒有生命、感情的事物，一下子都熱情洋溢起來，世界變得格外親切而生動。

這種擬人技巧，常出現在童話作品，可說是童話的一大特色。孩子的心很容易受童話的草、木、蟲、魚、鳥、獸吸引住，因爲這些角色都具備人生、有感情，又會說話，簡直跟「人」沒有兩樣。從這裡，我們再看整首詩，本身就是一個故事，一則童話，自然更容易討孩子喜歡了。

這首詩敍述的層次是：

㈠打聽春來的訊息。
㈡別人告訴春來的形景。
㈢自己感覺到春來了。
以段落分，則可分成四段。以下依段落分析如下：
第一段有五行。

「春天來了！」
「春天在哪兒？」
弟弟想了半天也弄不清；
迎著東風放長了線，
就請風箏去打聽。

漫漫難熬的寒冬，大地一片死寂，毫無生氣，沒有人不企盼著春神早日降臨。本詩第一句「春天來了！」，使用「感歎法」，把希望實現後那股喜悅的情緒，適切而自然地抒發出來。

當大伙兒高喊著：「春天來了！」欣喜地迎接春天時，小弟弟浸染在興奮的氣氛之中，卻不知道「春天在哪兒？」，作者於是在此運用「設問法」，由弟弟提出疑問。藉著「春天在哪兒？」這個疑問，來引發我們的好奇心。春天到底有那些訊息呢？我好像也不知道哦！自然會產生想要「繼續看下去」的強烈慾望。除此之外，「春天在哪兒？」也揭示了全篇主旨在於尋找「春的訊息」。

這種用法，就好比演講者一樣，什麼也沒說，就提出一些問題，讓聽衆去思考一樣。除了很容易吸引聽衆的注意力以外，已同時告訴聽者：我所要講的，就是這些問題，希望我們一起來探討。實在很值得學習，也很值得教給學生的一種技巧。

有疑問，就該設法解答，「弟弟想了半天也弄不清」，於是，只有借用童話去思考，文章由此開始全面取用擬人手法。

東風，即春風，屬借代格。在古時，詩、詞或文章中，常把春天的風寫作「春風」、「東風」、「和風」。把夏天風的寫成「南風」、「熏風」。秋天的風寫成「秋風」、「金風」。冬天的風寫作「北風」、「朔風」。

又「迎」、「就」兩字，頗具流暢、簡潔與明快的效果。「弟弟想了半天也弄不清；迎著東風放長了線，就請風箏去打聽。」是屬於條件句，「弟弟想了半天也弄不清。」是一個具體的條件，然後根據這個條件，推出後果，條件關係構成的複句，第一小句不用關係詞連繫，第二小句就是後小句，用「就」、「則」等關係詞連繫。因此，這個「就」字，分析起來，則具有倒裝的效果。按一般的說法，應該是：

就是迎著東風放長了線，請風箏去打聽。

這種後果小句，有失冗長緩慢。如今僅把「就」加變動，則效果全異。傅隸樸在「修辭學」中論及「倒裝」云：

善為文者，往往在關要處「故亂其序」，一方面梗澀閱讀者的眼口，喚起其注意；一方面增加文章的波瀾。（見正中版，頁34）

從這幾句話，我們不難發現這個「就」字的妙處。又詩語言力求鮮活，避免直接敍述，「就」字達成這個效果，唸起來格外清新有力。且使讀者注意到弟弟解決疑問的辦法。

在教學指引裡，針對「春天在哪兒，爲什麼要放風箏去打聽？」曾有下列四點的提示：

1 風箏隨風會飄到什麼地方。
2 在地面上跟在天空上看東西，哪個地方看得廣看得多。
3 只在一個地方打聽消息有什麼缺點。
4 放風箏去打聽春的訊息有什麼含義。(見頁60)

教師在教學過程中，可善加應用與發揮。

二

風箏究竟打聽到什麼消息呢？且看第二段。第二段共九行。

燕子說：春天在天空中徘徊，
難道你沒看見潔白的雲絮，
為他寫下美麗的詩句？
麻雀說：春天在田野上散步，
難道你沒聞到青蔥的草地，

為他散布清新的氣息？
杜鵑說：春天在山澗裏旅行，
難道你沒聽見涓涓的溪水，
為他唱出歡迎的歌聲？

比較上來說，這一段是全詩重心所在，也是寫得最美、最精彩的一段。其中運用了擬人、摹寫、反問、排比等各種不同的修辭方式。尤其是把春天的各種景象，鮮活地描繪出來，實在是十分成功的「摹寫」範例。「摹寫」的練習與應用，是本段的重心，是以教學指引有較爲詳細的提示（見頁60～64）

在風箏的打聽中，首先，燕子說：「春天在天空中徘徊。」事實上，在天空中徘徊的，是潔白的雲絮，而不是春天。

爲什麼雲絮會在空中徘徊呢？理由很簡單，因爲「春天來了！」徐徐的春風，取代了颯颯的寒風，雲絮自由自在地飄呀飄，就像人在「徘徊」一般。假如在冬天，一定是灰厚的雲層，那來潔白的雲絮？又怎能看到它在空中徘徊呢？這些在在證明了「春來了！」潔白的雲絮，飄在淨藍的空中，像不像一首美麗的詩呢？你說。

同樣的道理，小草們紛紛褪去黃色的外衣，冒出綠意散發清新的氣息，當和風輕吹，他們便在田野上散起步來了。換做冬天，那能如此悠閒？又那來清新的氣息呢？

至於溪水能在山澗裡旅行，更是春天的功勞。冬天，溪床枯竭了，了無生氣，怎麼可能唱出涓涓的歌聲呢？

本段透過燕子、麻雀、杜鵑對春天形跡的感受，並加以形容描述，這是所謂的「摹寫」，摹寫的對象，可包括視覺、聽覺、嗅覺、味覺、觸覺等等的感受。其實這種的摹寫，即是所謂的觀察。觀察就是仔細觀看自然現象，或留心辨明事物。也就是以達到認識某事物爲目的，在一定方針下，對現象的發生經過給予確認。觀察是以感官爲主。本段的摹寫，包括「視覺」（看見）、「嗅覺」（聞到）、「聽覺」（聽到）等三種不同的摹寫。

先以「燕子說：春天在天空中徘徊，難道你沒看見潔白的雲絮，爲他寫下美麗的詩句？」爲例。其中，「難道」、「看見」、「爲他」皆屬重要字詞。而本段最主要是使用了「反問法」。

這個反問問得十分成功，原因在於它產生了「懸宕」效果，就因爲這麼一個反問，我們一定會暫時緩一緩脚步，想仔細推敲一下燕子說的「話」。於是就隨著燕子去觀賞春天的美景了。

等到看見了潔白的雲絮在天空中徘徊之後，才發覺「唉！我怎麼這麼笨呢！」擺在眼前的，明明是異於往常冬天的一幅美麗圖畫，我怎麼視而不見呢？有了這麼一段歷程，要探訪春天就容易多了，只要如法炮製　不就得了嗎？因此，整段使用了「排比」技巧。

探尋的問題說來只有一個，那就是「春天在哪兒？」作者卻讓天空中的燕子，田野上的麻雀，山澗旁的杜鵑，分別就其活動空間內發現的「春的訊息」，傳達給風箏先生。在相同的句型中，小弟弟學到了各種不同的觀察方法，那就是「用眼睛去看」、「用鼻子去聞」、「用耳朵去聽」。只要善用這些感官，春天的芳跡一定不難察覺。

像這樣在形式設計上，用幾個結構相似的句型，描繪視覺、嗅覺、聽覺所觀察到的種種「春天跡象」的方法，便是「排比」。空中、田野、山澗旁的春景，因此而一一顯現，春給人的感受也越來越強烈，這正是排比法效力之所在。

一幅原本就十分美麗的圖畫，因爲「擬人法」的巧妙運用，使我們看到的，不再只是單純的畫面。潔白的雲絮、清新的氣息、涓涓的溪水，全成了劇中人物，登上舞台。在各個不同的場景（天空、田野、山澗），有的徘徊、有的散步、有的旅行，演出了一場精彩絕倫的「春的訊息」。

四

太陽說：
春天在天上笑著，
春天在花上笑著，
春天在溪上笑著；
春天穿過了每一條大街，
也穿過了每一條小巷，
他走進了每個人的家，
也溫暖了每個人的心房。

第三段，就敍述層次而言，是與第二段相同。第二段主要用排比的手法，鮮明地表現多樣的統一，同時具體地表達共相的分化，就具體鮮明，與文勢情感刺激而言，似乎已無可後加。然而，本段翻用類疊手法，卻把「春的訊息」推到唾手可得的地步。類疊是一種意象接二連三反覆地使用，表面上似乎缺乏變化與新奇刺激的因素而顯得單調，而實際上，有時卻能具有集中效果，加增刺激之能力。

我們知道，前段用排比手法，描繪春來的形象，而本段除了承接上段外，亦必對春來的形象做個總結，而總結者必須能超越前三者，於是本段藉著高高在上的太陽，歸結了整個劇情。

這裡以「高高在上」的太陽來歸結劇情，似乎可讓我們聯想到第一段的請「風箏」去打聽這件事。大家都知道，站得越高，視野越廣，觀察到的東西自然就比較多。更何況，隨著手中的絲線，思路自然被牽引，而隨著飛呀飛的風箏尾巴，活躍了起來。想來，風箏實在不愧爲一位絕佳的人選！

太陽說的前三句說，重覆第二段用眼、耳、鼻觀察到的訊息，簡捷有力，深具加強效果，是用「春天在——天上笑著」加以類疊。其中很可貴的是三個「笑」字，這是對春來形象最簡潔有力的描繪。而後四句，雖文句稍加變化，亦屬類疊，把同一形相由遠而近，層層遞減，而後終止於唾手可得的實際存在。

五

弟弟收回了風箏，

捲起了線，
笑著說：
「原來春天就在我們的身邊！」

唾手可得的實際存在，是春天無所不在，也溫暖了每個人的心房，難怪大家會歡呼「春天來了！」心中的疑問總算解決了。於是最後以一個「！」，表現了心中疑惑解除那種喜悅的心情，做爲結束，正好與首段互相呼應；同時，也符合了童話作品「最好有完美的結局」之要求。所以，這首詩的結尾，可說十分簡潔而完美。

綜觀本詩，實際上是改自楊喚的「春天在哪兒呀？」然而，在長達十四項的教學指引裡（見頁53～67），卻未加以註明。且在補充教材裡，羅列些類似課文的詩，以作爲教師參考用。其實，何妨直接收錄楊喚的原詩。

又教學指引雖頗具教學參考之用，偶亦有失冗雜，精力有限的國小教師，究竟有多少人參考，不無疑問。有關國語科教學指引的分析與研究，北市師專曾有「現行國小國語教學指引分析研究報告」（見七十四年九月教育部社教司版）出版，有興趣者可參考。

唯透過對本文的分析，可知教學指引就課文深究內容而言，最需加強的項目是：

「修辭要領提示」、「文章結構分析」、「文句含義推敲」、「材料敍寫技巧」。(見「現行國小國語科教學指引分析研究報告」，頁113)。

六

「春的訊息」是改自楊喚的「春天在哪兒呀？」試引錄全詩，及比較說明如下：

春天在哪兒呀？
——春天來了！
——春天在哪兒呀？
小弟弟想了半天也搞不清；
頂著南風放長了線，
就請風箏去打聽。

海鷗說：春天坐著船在海上旅行，
難道你還沒有聽見水手們迎接春天的歌聲？

燕子說：春天在天空裡休息，
難道你還沒有看見忙來忙去的雲彩，
仔細地把天空擦得那麼藍又那麼亮？
麻雀說：春天在田野裡沿著小河散步，
難道你還沒有看見大地從冬眠裡醒來，
梳過了森林的頭髮，又給原野換上新裳？

太陽說：
春天在我的心裡燃燒，
春天在花朵的臉上微笑，
春天在學校裡跟孩子們一道遊戲一道上課。
春天在工廠裡伴著工人們一面工作一面唱歌，
春天穿過了每一條熱鬧的大街，
春天也走進了每一條骯髒的小巷，
輕輕地爬過了你鄰家的牆，
也輕輕地走進了你的家。

小弟弟說：讓春天住在我的家裡罷！
我會把最好吃的糖果給它吃，
媽媽會給它預備一張最舒服的小木床，
等到打回大陸去，
讓爸爸媽媽帶著我跟春天一起回家鄉。

在台灣，首先發表兒童詩的是楊喚，他把綠原的「童話」精神帶進了兒童詩裡。於是，他的兒童詩有人稱之爲童話詩，對我國兒童詩的發展有很大的影響。

我們可以說，楊喚「春天在哪兒呀？」這首詩，充滿了一片純美眞摯的詩情，洋溢著一片可愛活潑的童趣。在他神奇的想像裡，把春天點化得形象活現。因此，純就童趣而言，楊喚原詩（包括題目）較佳。但如就詩質與語文教育而言，「春的訊息」一詩，可說改寫得十分成功。個人的看法是：

最後一段聯想到「打回大陸」。在楊喚時代也許非常普遍，但對一個小孩子，實在不必在美麗的詩句中，硬加上這一筆。因此，改寫者將這段刪除，而以弟弟滿意地收回風箏作結束，比原詩完美許多。

又從小地方加以比較，不難發現「春的訊息」一詩在用字上比原詩簡鍊。其中，以第二、三兩段最爲明顯，同樣的修辭手法，原詩稍嫌冗長，使得效果降低了不少。「春的訊息」一詩，則因爲用字精鍊，使得效果更加集中，意象就更爲鮮明生動了。只是包文正先生「楊喚的苦惱」一文裡（見七十四年十二月八日「國語日報・兒童文學周刊」七〇五期），對改寫的「春的訊息」有意見，尤其是：

春天在天上笑著，
春天在花上笑著，
春天在溪上笑著；

似乎有盜襲林武憲先生「陽光」一詩之嫌。「陽光」詩如下：

陽光在窗上爬著
陽光在花上笑著
陽光在溪上流著
陽光在媽媽的眼裡亮著（見「怪東西」，六十一年十二月「省教育廳中華兒童叢書」，頁4）

編寫者（包括國語課本與教學指引）能不愼重乎！

一篇文章，一首詩，凡「美」在那裡，「妙」在何處，有各種不同的欣賞角度。身爲一個教師，不可以只告訴學生「這首詩好美」或「這篇文章好妙」，重要的是根據各種不同角度，和學生一起討論，讓學生瞭解「爲什麼美」、「爲什麼妙」，以免學生知其然卻不知其「所以然」。

本文根據修辭角度賞析詩作，正是一種嘗試，希望對實際教學，能夠有所助益。

附錄

楊喚兒童詩二十首

童話裡的王國

小弟弟騎著白馬去了，
小弟弟騎著白馬到童話的王國裡去了，
媽媽留不住他，
爸爸也留不住他，
就是小弟弟最愛聽的故事，
和最喜歡的小喇叭，
也留不住他。

啄木鳥知道了，
很早很早地就給小弟弟
把金銀城的兩扇門敲開啦；
老鼠國王知道了，
很早很早地就穿上新的大禮服，

在那一大朵金黃色的向日葵花底下迎接他啦。

啊！熱鬧的日子，
高興的日子，
美麗的老鼠公主出嫁的日子呀。
（晴藍的天也藍得亮晶晶的，藍得不能再藍啦！）
太陽先生扶著金手杖，
來參加這老鼠國王嫁女的婚禮來了。
風婆婆搖著扇兒，
也匆匆忙忙地趕來了。
——好多的客人哪！
祇有小弟弟一個人，
騎著美麗的小白馬。
美麗的公主羞紅著臉請客人們吃酒了。
美麗的公主羞紅著臉伴著客人們跳舞了。

客人們高興得要瘋啦。
老鼠國王臉上笑得要開花啦。
（眞的，這幸福的王國開遍了幸福的花！）
醉了的客人們獻給公主的是——
一頂用雲彩編結的王冠。
太陽先生是個聰明的老紳士，
就用一串串的星星做贈禮。
——珍珠似的星星好鑲在那頂王冠上呀。
風婆婆送給公主一把蜂蜜做的梳子。
——好梳公主那烏黑的長頭髮呀。
小弟弟送她什麼好呢？
小弟弟送她一個洋娃娃吧！

兩隻年輕的小白兔抬著一頂紅紗轎，
一隊紡織娘的吹鼓手，
一隊螞蟻的小旗兵，

走遠了，走遠了：
老鼠公主從金銀城嫁到百花城去了。
聽說公主的女婿
是一隻漂亮體面的紅冠大公雞。

夜好靜好深呀！
客人們都醉得不能走路了。
小弟弟的眼睛小得只剩下一道縫了。
小弟弟要睡了。

小弟弟呀！小弟弟呀！
媽媽和爸爸在叫你哪！
小弟弟呀！小弟弟呀！
你的大喇叭急得要哭啦！

小弟弟快回去吧！

你若是害怕走夜路，
螢火蟲會提著燈籠送你回家。

把好心的風婆婆送給你的糖果
留給小妹妹吃；
把老鼠國王送給你的搖籃
留給小妹妹睡；
太陽先生送給你的那顆小小的希望星
就送給最愛你的小戀人罷。

七彩的虹

接了太陽國王的大掃除的命令，
小雨點們就都坐上飛跑著的烏雲，
賽跑著離開了天上的宮廷。

他們給稻田和小河加足了水，
他們給骯髒的山谷洗過了澡，
就又來洗淨了清道夫永遠也掃不完的城市，
也洗淨了悶熱的飛滿了塵土的天空。
太陽國王爲了獎賞他們眞能幹，
就送給他們一條美麗的長彩帶，
那就是掛在明亮的雨後的天空中的
紅、橙、黃、綠、青、藍、紫的七彩的虹。

水果們的晚會

窗外流動著寶石藍色的夜，
屋子裡流進來牛乳一樣白的月光，
水果店裡的鐘噹噹地敲過了十二下，
美麗的水果們就都一齊醒過來，
請夜風指揮蟲兒們的樂隊來伴奏，
這奇異的晚會就開了場。

第一個是香蕉姑娘和鳳梨小姐的高山舞，
跳起來裙子就飄呀飄的那麼長；
緊接著是龍眼先生們來翻觔斗，
一起一落地劈拍響；
西瓜和甘蔗可眞滑稽，
一隊胖來一隊瘦，怪模怪樣地演雙簧；

芒果和楊桃只會笑，
不停地喊好，不停地鼓掌。

鬧呀笑呀的眞高興，
最後是全體水果們的大合唱，
她們唱醒了沈睡著的夜，
她們唱醒了沈睡著的雲彩，
也唱來了美麗的早晨，
唱出來了美麗的早晨的太陽。

美麗島

有藍色的吐著白色的唾沫的海，
小心地忠實地守衛著，
寒冷的冰雪永遠也不敢到這裡來。

有綠色的伸著大手掌的椰子樹
緊緊地拉著親愛的春天，
美麗的花朵永遠成羣結隊地開。

在這裡
小朋友們都像健康的牛一樣地健康，
在這裡
小朋友都像快樂的雲雀一樣地快樂。

你來看！
小妹妹是夢見香蕉和鳳梨在街上跳舞了吧？
要不怎麼睡在媽媽的懷裡
還是不停地微笑？

你知道這裡是什麼地方嗎？

告訴你，她的名字叫臺灣，
是甜蜜的糖的王國，
是童話一樣美麗的，美麗的寶島。

夏夜

蝴蝶和蜜蜂們帶著花朵的蜜糖回來了，
羊隊和牛羣告別了田野回家了，
火紅的太陽也滾著火輪子回家了，
當街燈亮起來向村莊道過晚安，
夏天的夜就輕輕地來了。
來了！來了！
從山坡上輕輕地爬下來了。
來了！來了！
從椰子樹梢上輕輕地爬下來了。
撒了滿天的珍珠和一枚又大又亮的銀幣。

美麗的夏夜呀！
涼爽的夏夜呀！

小雞和小鴨們關在欄裡睡了。
聽完了老祖母的故事，
小弟弟和小妹妹也闔上眼睛走向夢鄉了。
（小妹妹夢見她變做蝴蝶在大花園裡忽東忽西地飛，
小弟弟夢見他變做一條魚在藍色的大海裡游水。）
睡了，都睡了！
朦朧地，山巒靜靜地睡了！
朦朧地，田野靜靜地睡了！
只有窗外瓜架上的南瓜還醒著，
伸長了藤蔓輕輕地往屋頂上爬。
只有綠色的小河還醒著，
低聲地歌唱著溜過彎彎的小橋。
只有夜風還醒著，
從竹林裡跑出來，
跟著提燈的螢火蟲，
在美麗的夏夜裡愉快地旅行。

春天在哪兒呀？

——春天來了！
——春天在哪兒呀？
小弟弟想了半天也搞不清；
頂著南風放長了線，
就請風箏去打聽。

海鷗說：春天坐著船在海上旅行，
難道你還沒有聽見水手們迎接春天的歌聲？
燕子說：春天在天空裡休息，
難道你還沒有看見忙來忙去的雲彩，
仔細地把天空擦得那麼藍又那麼亮？
麻雀說：春天在田野裡沿著小河散步，
難道你還沒有看見大地從冬眠裡醒來，
梳過了森林的頭髮，又給原野換上新裳？

太陽說：
春天在我心裡燃燒，
春天在花朵的臉上微笑，
春天在學校裡跟著孩子們一道遊戲一道上課，
春天在工廠裡伴著工人們一面工作又一面唱歌，
春天穿過了每一條熱鬧的大街，
春天也走進了每一條骯髒的小巷，
輕輕地爬過了你鄰家的牆，
也輕輕地走進了你的家。

小弟弟說：讓春天住在我的家裡罷！
我會把最好吃的糖果給它吃，
媽媽會給它預備一張最舒服的小木床，
等到打回大陸去，
讓爸爸媽媽帶著我跟春天一起回家鄉。

森林的詩

「太陽好！
早晨好！」
喜鵲小姐第一個睜開眼睛，
打開綠色的百葉窗，
向剛才來上班的太陽，
向剛才起床的早晨，
一遍又一遍地叫。

頂著滿頭的露珠，
小菌子從四面八方來集合了，
排成一列列的小隊伍，
讓風先生做指揮，
在鋪遍野花的操場上

開始作體操。

啄木鳥叔叔最被大家尊敬，
因爲他是一位熱心腸的好醫生，
每天都是從早忙到晚，
還沒吃過早飯，
就被請走給老杉樹公公去看病，
不帶體溫計，
也沒有聽診器，
他仔細地給老杉樹檢查，
用他那長長的，又尖又快的大嘴巴。

白兔弟弟最聽媽媽的話，
一早起來就刷過牙，洗過那長長的大耳朵，
他是辛勤的小園丁，
不偷懶，愛工作，

他種小花小草，
種一畦小麻豆，也種一畦小胡瓜，
他最高興的是看著
播下去的種子變成了嫩芽。

畫眉姑娘是個小小的音樂家，
可是她不願意躲在家裡吹口琴，
他怕住在森林裡的朋友們太寂寞，
就飛東飛西去訪問，
讓辛苦了一天的朋友坐下來休息，
聽她唱幾支世界上最好聽的歌。

狐狸和狼不再做那些壞事情，
他們現在是親熱的好鄰居，
一對用功的好學生，
他們在一起散步，在一起上學校，

蜜蜂老師教他們唱歌，教他們識字，
森林就是他們的大教室。

貓頭鷹長年地戴著一副大眼鏡，
你該知道，他是最有學問的老博士，
白天他把自己關在屋子裡，
讀那一厚册一厚册的硬皮書，
到晚上一點也不想睡覺，
不停地對著月亮和星星講故事，
一歡喜起來就怪聲怪氣地笑。

花

叮哈哈，叮哈哈
鈴蘭花搖響一串串小鈴子；
嗚啦啦，嗚啦啦，
牽牛花吹起一隻隻小喇叭，
有細雨給漂亮的百合花洗臉，
有微風給白頭的蒲公英理髮，
有夜鶯爲紅玫瑰歌唱，
有太陽跟康乃馨親熱的談話。
有蜜蜂介紹花朵和花朵結婚，
花的家族，最美也最大！

花，是人們最好的朋友，
花，去訪問學校、醫院，

和每一幸福溫暖的家，
花，把香氣散滿了這世界，
花，開在中國、日本、美國和西班牙。

下雨了

下雨了，
太陽怕淋雨回家去休假，
火車怕淋雨忙著開向車站，
汽車和腳踏車還有老牛車也都忙著趕回家，
可憐的是那高大的電線桿和綠色的郵筒，
淋著雨站在街頭一動也不能動，
花朵和樹木都低頭流淚，
小鴨和小鵝浸在泥水裡玩得最高興，
麻雀躲在巢裡睡了覺，
小妹妹怕聽那轟隆轟隆的雷聲，
爬上床又蒙上了被還捂緊了耳朵，
迎著風雨，只有勇敢的海燕，
不停地在海上向前飛行，飛行。

小紙船

你就快點摺起一個小紙船罷，
別捨不得一張白色的勞作紙呀，
再用你五彩的蠟筆
畫上一個歪戴著白帽子的小水手。

小蟋蟀是去參加一個音樂會，
要過河去唱歌；
小螞蟻忙了一天想媽媽，
要過河趕回家。
你看，你看他們都等急啦！

當那太陽先生向白天告別的時候，
當那雲彩小姐被吻得羞紅了臉，

當那蝌蚪孩子要躲在河床下休息，
就讓你的小紙船揚帆罷！

讓它浮過小橋，
讓它輕輕浮過小橋，
可別驚醒了睡在小河上的晚霞。

快點划！快點划！
千萬叮嚀你的小水手
別在半路上停了船哪，
別讓他靠了岸去給他的小戀人
採那開得金黃金黃的蒲公英花。
你該知道，這時候，
那熱鬧音樂會上已經響過一遍嘹喨的小喇叭，
就是小螞蟻的媽媽也正焦急地等著他回去吃晚飯哪。

等那月姐兒向小河照鏡子；
等那星星們都頑皮地鑽出了頭，
等那夜風和小草低語的時候，
等那花朵都睡了，等那蟲兒都睡了的時候，
螢火蟲也該提著燈籠來了，
讓他們迎接你的小紙船和那忠實的小水手，
平安地彎進那生遍蘆葦的靜靜的小港口！

小蝸牛

我馱著我的小房子走路，
我馱著我的小房子爬樹，
慢慢地，慢慢地，
不急也不慌。
我馱著我的小房子旅行，
到處去拜訪，
拜訪那和花朵和小草們親嘴的太陽。
我要問問他：
爲什麼他不來照一照
我住的那樣又濕又髒的鬼地方？

小螞蟻

我們是一羣不偷懶的小工人，
搬不動哥哥的故事書，
拉不走姐姐的花毛線，
我們來抬小妹妹吃剩下的碎餅屑。
下雨了，
有小菌子給我們撐起了最漂亮的傘；
過河了，
有花瓣兒給我們搖來了最穩當的船。

小蟋蟀

克利利！克利利！
媽媽的故事眞好聽，
克利利！克利利！
洋娃娃的眼睛眞好看。
克利利！克利利！
誰讓你的小臉和小手黑又髒？
克利利！克利利！
不哭不鬧睡一覺，
我的歌兒唱到大天亮。

小蜘蛛

要黏住小蚊子討厭的尖嘴巴。
要黏住小蒼蠅亂飛的翅膀。
蜜蜂姊姊小心呀，
可別飛到這裡來給我蜜糖！
風兒把落花吹上我的網，
露水把珍珠掛上我的網：
最漂亮的呀，
是我家。

肥皂之歌

小朋友們，你們一定都會認識我，
說我是一塊好肥皂。
我不像那些穿得花花綠綠的香肥皂，
被擺在大百貨店高貴的櫥窗裡，
一生下來，
我就被工人們裝進一個粗糙的大木箱。
可是我很快樂，
我也很驕傲。
我願意幫助你們的媽媽辛苦地洗衣裳，
我更願意跟著你們快活地吹泡泡。
來，讓我們做一個好朋友吧！
讓我每天替你們洗乾淨那又黑又髒的小手，
再高興地看著你們穿著洗得又乾淨又漂亮的衣裳
去上學校！

眼睛

小黑貓有兩隻黃色的大眼睛，
在沒有月亮的晚上走路，
那兩隻大眼睛就是牠的燈。

小麻雀的眼睛最靈活，
歡歡喜喜地飛起來，
找著寂寞的孩子唱最快樂的歌給他聽。

小老鼠的眼睛在夜裡才睜開，
不敢走出來晒一晒太陽散一散步，
永遠要守著一個又黑又濕的小土洞。

媽媽的眼睛像太陽那樣溫暖，那樣亮，

她微笑地看著你，她永遠地祝福你，
因為你是她最愛的寶貝兒。

你的眼睛是窗子，
要向著明亮的好太陽打開來呀！
要向著藍色的天空打開來呀！
要向著你要走的，也是最好的一條路打開來呀！
別一看見書本就懶洋洋嚷：「喔！我的頭痛！」
然後緊緊閉上，如像那闔上的蚌殼。

家

樹葉是小毛蟲的搖籃，
花朵是蝴蝶的眠床，
歌唱的鳥兒誰都有一個舒適的巢，
辛勤的螞蟻和蜜蜂都住著漂亮的大宿舍，
螃蟹和小魚的家在藍色的小河裡，
綠色無際的原野是蚱蜢和蜻蜓的家園。

可憐的風沒有家，
跑東跑西也找不到一個地方休息，
飄流的雲沒有家，
天一陰就急得不住地流眼淚。
小弟弟和小妹妹最幸福哪！
生下來就有媽媽爸爸給準備好了家，
在家裡安安穩穩地長大。

快上學去吧

——快上學去吧！
小書包發急地看著那越升越高的太陽。
——快上學去吧！
老鬧鐘也扯著嗓子大聲的嚷。
懶洋洋地看著天花板，
小弟弟裝做生病不起床。
蒙上頭，正想再睡，
忽聽得他們在開會：
眼睛說：很好！我要關起窗子永遠地休息！
耳朵說：不錯！我要鎖起門來整年的睡！
鼻子說：很好！我高興放長假！
腳　說：我也永遠不想再走路！
手　說：那我也永遠不想再工作！

小弟弟一聽著了慌，
一翻身就爬起來：
好！好！——好！
你們都別再吵，
我要做一個好孩子，
再也不懶惰！

給你寫一封信

今天是星期日
（不下雨，不颳風，頂好頂好嚮晴的天氣）
你一定一早就跑出去了，
跟你的同學們，
東跑西跑地去吵架罵人，
嘴裡胡亂地吃東西，
一看起連環圖畫就什麼都不管了，
把一套剛穿上身的衣裳又弄得髒髒的，
不是跌破了頭就是打腫了臉，
活像豬八戒那個怪樣子。

別老是不理我們罷，
親愛的好朋友，
不，我們親愛的小主人！

你該知道我們是多麼喜歡和你親近。

教科書在想著你，
筆記本在想著你，
我和刀片和橡皮不舒服地躺在文具盒裡，
也在想著你，想著你呀！

雖然在你發脾氣的時候，
動不動就把我們從桌子上摔下去
（教科書教你給弄破了衣裳，
筆記本讓你撕得亂七八糟，
橡皮到現在還害著皮膚病，
我和刀片差一點沒給你摔斷了腰，）
雖然爸爸和媽媽罵你是壞孩子，
老師也說你是一個糟糕透頂的壞學生。

你別老是不理我們罷！
那管是用你那兩隻弄得又黑又髒的小手，
來親切地摸一摸我們也好。

教科書是聰明的好先生，
雖然他不會像連環圖那樣讓你喜歡，
但是他不會讓你在課堂上，
紅著臉翻白著眼睛答不出老師問你的問題；
我是一枝最好最好的鉛筆，
我跟筆記本和刀片和橡皮，
會熱心地幫助你做功課抄筆記。

你別老是不理我們罷！
親愛的好朋友，
不，我們親愛的小主人，
我們都在等著你，

在等著你。

毛毛是個好孩子

駕著太陽的金車，
打著雲彩的傘，
夏天先生到人間旅行來了。

來了，來了，
蟬兒第一個通知了可愛的孩子們。
來了，來了，
南風也跟著告訴了搖著扇子的芭蕉。
向日葵眞是個大傻瓜，
夏天就在他的身旁，
他還是每天向太陽問夏天的消息。
蜜蜂頑皮地飛到東又飛到西，
見著花朵就問一句：

「討厭的夏天又來了，
你知道不知道？」

喇叭花早就知道夏天從那兒來，
她塗得滿臉都是脂粉，
歡喜地爬出籬笆等著迎接他。
小荷花看著小魚兒高興地捉迷藏，
她躲在河邊只是靜靜地笑。
小草有月亮媽媽給他蓋上露珠的被，
就是再熱的晚上，
他也能安靜地睡。
青蛙們最怕熱，
一天到晚鼓起肚皮大聲地罵。

夏天先生是毛毛的好朋友：
在早晨，好孩子都醒了，

洗過臉就要到公園裡去散步，
夏天先生就讓小麻雀做使者，
輕輕地把她從遙遠的夢裡喚回來；
在晚上，燈火都睡了，
恐毛毛看著黑洞洞的屋子要害怕，
夏天先生就讓小蝙蝠做守衛，
飛來飛去地不離開她的家。

毛毛是個好孩子，
她有一套漂亮的小夏裝，
她有爸爸買給她的紙扇兒和紅瓤的冰西瓜，
有小貓小狗陪她玩，
還有很多很多的好朋友，
毛毛不怕天氣熱，
她永遠是那麼快活地遊戲，
那麼用心地讀書，

那麼大聲地唱歌。

錄自洪範書店《楊喚全集I》頁165～222

後記

本書原是東師語教系語文叢書之一。是屬於非賣品，當日印製有限，並未在坊間出售。初聞萬卷樓有意出版，自是興奮不已。

於是趁此正式出版之際，除再次修訂與增補外，並請內子吳淑美教授就押韻部分重新詳加校訂。楊喚的童詩押韻，一般說來，並非刻意爲之；只是偶爾興之所至的信手拈來。我們無法以押韻整齊去强求於它；但童詩中鮮明呈現的卻是活潑跳躍的節奏感，作者善用重疊韻腳，以及國語輕聲助詞，是原因之一。

爲讀者閱讀方便，並徵得洪範書店同意，將楊喚兒童詩二十首附錄於書末。又友人吳當有《楊喚童詩賞析》（國語日報社版）亦可閱讀。

林文寶一九九六年四月於台東

國家圖書館出版品預行編目(CIP)資料

林文寶兒童文學著作集. 第三輯, 著作編 / 林文寶作.
-- 初版. -- 臺北市 : 萬卷樓圖書股份有限公司,
2023.09
　冊 ;　公分. --(林文寶兒童文學著作集 ;
1605003)
ISBN 978-986-478-969-6(第 4 冊 : 精裝). --
ISBN 978-986-478-977-1(全套 : 精裝)

1.CST: 兒童文學 2.CST: 文學理論 3.CST: 文學評論
4.CST: 臺灣

863.591　　112015478

林文寶兒童文學著作集　第三輯　著作編　第四冊

楊喚與兒童文學

作　者　林文寶
主　編　張晏瑞

出　版　萬卷樓圖書股份有限公司
發行人　林慶彰
總經理　梁錦興
總編輯　張晏瑞
聯　絡　電話 02-23216565　傳真 02-23944113
　　　　網址 www.wanjuan.com.tw
　　　　郵箱 service@wanjuan.com.tw
地　址　106 臺北市羅斯福路二段 41 號 6 樓之三
印　刷　百通科技股份有限公司
初　版　2023 年 9 月
定　價　新臺幣 18000 元　全套十一冊精裝　不分售
ISBN　978-986-478-977-1(全套 : 精裝)
ISBN　978-986-478-969-6(第 4 冊 : 精裝)

　新聞局出版事業登記證號局版臺業字第 5655 號